中文 A 語言與文學課程
個人口試優秀範例點評

Chinese A Language and Literature Course
Individual Oral Assessment Exemplary Essays (Traditional Character Version)

徐亮　季建莉 編著

繁體版

目錄

Contents

前言

　　國際文憑課程 IBDP 科目組別一 —— 語言與文學的學生學習參考用書幾乎是空白。原因在於：其一，每所學校每位教師的選書不同；其二，DP 考核一向注重的是能力的考察，評分標準也是描述性的標準，而非明確的對錯，主觀性遠遠大於客觀性；其三，有關參考書會受到的讀者反饋必然褒貶不一。

　　然而，我們還是做了，而且做了一個系列。原因自然也是充分的，這裏就本書作具體說明。目前實施的大綱和考綱，在校內評估即個人口試部分的改革最大。個人口試跳出了文學評論的傳統考核方式，要求學生就一個全球性問題，結合文學文本與非文學文本進行評述。這樣的評估方式契合了國際文憑課程的精神，既有全球視野，也有概念性理解的貫徹。然而，這也給教師和學生帶來了困惑，到底是談論全球性問題還是文學手段？有沒有具體的例子，可以讓大家討論和學習？課程官方發佈的規定與要求，例如關於節選和文本，關於作品集，關於講述內容的安排，都是以英語的語言文學課程為例，我們需要亦步亦趨嗎？基於以上這些問題，我們在研讀了大綱要求和官方範例的基礎上編寫了這本書，和所有讀者一起探索如何在個人口試一項上有卓越的表現。

　　大綱中對個人口試的說明很簡練：

　　• 時間長度：15 分鐘（學生用 10 分鐘進行個人口頭表達 / 用 5 分鐘進行師生問答）

　　• 普通課程比重：30%

　　• 高級課程比重：20%

　　• 個人口頭表達要針對以下提示：通過你學過的一部文學作品和一篇非文學文本的內容和形式，考察你選擇的全球性問題如何呈現。

大綱已給出了關於 "全球性問題" 的界定：

• 具有廣泛的重要性；

• 具有跨國性；

• 其影響在各地的日常生活中能被感受到。

另外，大綱還給出了學生可以探究的五大領域，分別為文化、認同和社區，信念、價值觀和教育，政治、權力和公平正義，藝術、創造力和想象力，科學、技術和環境。同時說明學生關注的問題可以不局限於這五大領域 ❶。

本書按照《指南》中給出的五大探究領域，在每個領域中整理了三個比較普遍，也比較適合學生討論的課題，再根據每個課題選取文本進行示範分析討論。在文學文本的選取上，我們儘量選擇的是國際學校中教師較多選擇的文學文本；而在非文學文本的選擇上，我們儘量涵蓋多種形式的非文學文本，讓讀者儘可能地感受到現行個人口試中關於文學文本與非文學文本組合形式的多樣性與自由度。

❶《語言 A：語言與文學指南》（2021 年首次評估）第 80 頁。

關於學生 10 分鐘口試稿內容的安排，我們給出以下建議：

	內容	討論要點	建議時長
一	提出全球性問題	• 為什麼選擇這個全球性問題 • 討論這個全球性問題的意義	0.5 分鐘
二	簡介兩個文本	• 文學文本的節選與作品介紹 • 非文學文本的性質、節選與作品 / 作品集	1 分鐘
三	文學文本分析	• 節選部分如何討論了這個全球性問題 • **作品其他部分（BOW）如何討論了這個全球性問題**	4 分鐘
四	非文學文本分析	• 節選部分如何討論了這個全球性問題 • **作品 / 作品集其他部分（BOW）如何討論了這個全球性問題**	4 分鐘
五	全球性問題總結與延伸	• 兩個文本在討論全球性問題上的不同之處（略） • 呼應開頭，自己對這一全球性問題的思考（略）	0.5 分鐘

關於教師後續提問，大綱要求藉助師生交流的機會，考察考生對文本的理解和提供必要的鼓勵。❷ 對此，我們有以下的思考，供教師參考：

❷《語言 A：語言與文學指南》（2021 年首次評估）第 82 頁。

1. 你剛才提到了兩個文本對全球性問題的討論是有不同（觀點 / 角度 / 目的）的，你可以具體闡述嗎？

2. 對這一全球性問題的討論，你認為哪個文本的表達更深刻？為什麼？

3. 對這一全球性問題的討論，你個人喜歡哪一個文本的表達？為什麼？

4. 這兩個文本對於這個全球性課題的討論，帶給你怎樣的思考？或者說，是否改變了你原本的一些想法？

5. 同一個作者，是否在他的其他作品中也表達過對這一全球性問題的思考？

本書的最後一章附錄部分，列舉了教師和學生在實際進行個人口試中所遇到的一些問題，也附上了我們能夠給予的回答。如同教師經常和學生說的一句話，語言文學的考核是沒有所謂的標準答案的，不同的讀者會有不同的理解與應答，只要做到言之有物與言之有理，就是完美的應答。國際文憑課程培養和鼓勵開放的視野、創新的觀點、批判性的思維，這是不論考綱如何變化也不會脫離的軌道。教師應該懷著發展的與探究的心態，與學生一起教學相長。

另外，關於範例文本的來源，都是我們從平時學生的練習及模擬考試的應答中精選而來的，我們儘量根據評分標準擇選出高水準的優秀例子編寫成文字版的範例，其中不乏可以進步的地方，望讀者們批評指正。

徐亮　季建莉

2023 年 5 月

第一章
文化、認同和社區

家庭關係

一、課題解讀

　　家庭往往是一個人成長階段的主要認知來源。家庭關係的好壞決定了一個人的自我認同是否能夠達成。近年來，關於原生家庭的言論充斥於網絡，身處亞洲文化中的人們開始用西方家庭關係的視角審視傳統家庭存在的問題。家庭問題之於自我認同不只局限於家庭關係，也涉及家庭暴力、家庭觀念、家庭文化、家庭教育等等。從全球性問題的角度看待家庭關係，可以從家庭對個體思想以及生存狀態影響的方面進行探索。

二、文本說明

1. 文學文本：《秋天的懷念》，選自《史鐵生散文選集》，百花文藝出版社，2011 年 5 月版。

2. 非文學文本：源自微信公眾號 "哈佛好媽" 原創漫畫圖文《幾張發人深省的原生家庭圖，告訴你什麼是命運》1、2、3 部分。❶

❶ 參見 https://mp.weixin.qq.com/s/rIg6soGsQnkge4IzIM_N7A，2023 年 2 月 14 日瀏覽。

```
                    ┌─────────────────────────┐
                    │           GI            │
                    │  家庭關係對個體成長的影響  │
                    └─────────────────────────┘
                         │                │
        ┌────────────────┘                └────────────────┐
```

母愛對一個人的影響：	原生家庭對一個人的影響：
• 悔恨之情讓作者更加珍惜生命 • 思念之情讓作者學會善待他人	• 家庭教育的重要性 • 每個人都有責任創建健康的家庭關係

文學文本：散文	非文學文本：漫畫圖文
史鐵生《秋天的懷念》《我與地壇》《合歡樹》	微信公眾號"哈佛好媽" 《幾張發人深省的原生家庭圖，告訴你什麼是命運》

三、結構提綱

	內容	討論要點
1	全球性問題	• 作為社會基本構成單位的家庭，其成員間的關係影響著成員的自我認同和對他人的看法。來自原生家庭的正面影響往往對個人成長有著不可忽視的積極作用。
2	文本介紹	• 《秋天的懷念》中，作者通過對已故母親的深切懷念，表達了對於自己曾經不理解母親的懊悔，同時讚美了偉大的母愛。這種愛深刻影響了作者的一生。 • 《幾張發人深省的原生家庭圖，告訴你什麼是命運》這組圖文從不同方面展現了"原生家庭"這一話題，包含它所具有的特徵和對孩子的影響。

	內容	討論要點
3	文學文本分析	• 作者通過細節描寫和克制的、自責的語言，呈現了母親對於下肢癱瘓的作者的愛，進而表達了自己對於曾經輕視母親的悔恨，這種愛和悔恨無形中表現出了家庭關係對個人心理和生存狀態的影響。 • 在《我與地壇》與《合歡樹》中，作者也在自己人生時過境遷後，細緻品味家人，尤其是母親對他的影響。在《合歡樹》裏，作者使用象徵性手法，將母親親手栽種的合歡樹作為母親期許和愛的象徵。而在《我與地壇》中，作者使用多角度的心理描寫，表達自己對母親無限的思念，從中能夠看出家庭的包容和體諒伴隨著作者的成長，這對他有不可估量的影響。
4	非文學文本分析	• 第一、二、三部分中，通俗溫情的文字語言和簡約明快的漫畫風格共同表現出了"原生家庭"對個體的影響。 • 第四、五、六部分中，符號化的方法和層層深入的邏輯讓原生家庭問題變得更具思考性。 • 同一公眾號上另外兩篇相同課題的篇章。
5	全球性問題總結與延伸	• 兩個文本各有側重點。 • 家庭關係對於個體的人生選擇和人生之路的走向都十分重要。

四、範例點評

提出問題：
考生開門見山地提出了全球性話題，即"家庭關係對個人的影響"，並闡述了它的意義。

　　家庭是社會的基本構成單位。人們從小會在家庭環境中學會基本的生活常識和道德觀念，並不斷建立起自我認同。我所選擇的全球性話題便是"文化、認同和社區"，我想要探討家庭關係對於個人，尤其是對子女的影響。這個全球性話題之所以重要，是因為好的家庭關係往往會給個體帶來積極的影響。

　　我所選的文學文本是《史鐵生散文選集》中的《秋天的懷念》。在這篇散文中，作者通過曾對母親做法不解而後產生的悔恨來懷念母親對他的愛。這種愛某種程度上影響了他對自我的看法，從自暴自棄走向接納自己。我的非文學文本選擇的是微信公眾號"哈佛好媽"原創漫畫圖文《幾張發人深省的原生家庭圖，告訴你什麼是命運》。作者通過對原生家庭進行漫畫式的圖解，讓讀者對這一西方視角下的話題有更全面的認識和更多面的思考，讓讀者看到了家庭關係對於個人成長的重要影響。

我先要對我的文學文本進行說明。

首先，在《秋天的懷念》中，作者使用了散文化的細節描寫，呈現出一個對自己無微不至關懷的母親形象。作者通過"悄悄地""偷偷地""紅紅的"等表述，表現母親在他癱瘓之後的反應，並通過"好好兒活，好好兒活"的反覆手法，表現了母親平復作者自暴自棄的言語細節。這樣的呈現一方面能夠讓讀者在作者和母親行為的對比中感受家庭成員如何在家庭關係中發洩情緒和彌合創傷，另一方面也以作者的第一視角呈現面對被創傷糾纏的兒子時包容的母愛，從而更能讓我們了解作者心中的感激和悔恨，並對於家人的支持在個人成長中所起的作用產生直觀的認識。

接下來，在得知母親已身患重病時，作者精緻地刻畫母親與自己的對話。對話中，作者對於母親提議去看"北海的菊花"表現出些許願意，這樣的反應讓母親"喜出望外"。但即便如此，為維護兒子的自尊心，母親對於詞語的使用仍然非常敏感。"一腳踩扁一個"之後"忽然不說了"，這充分說明母親面對心情稍微改觀的兒子時既欣喜又敏感的心理，讓讀者看到了一個和諧的家庭關係中母親的付出和奉獻，而這一切也都建立在她在孩子面前對自己病情的刻意隱瞞的基礎上。這種無私的母愛讓作者在得知其臨終吐血而死時充滿無盡的歉疚，也正因這種歉疚的展現，我們能夠看到曾經深處逆境中的作者最終因母親而消除了對自我的懷疑，這也對應了我所探討的全球性話題，也就是家庭關係對個人成長的影響。

此外，在史鐵生的其他散文作品中，也能看到家庭關係對其成長的影響，這種影響能夠豐富作者的心路歷程，也能夠建立起對這種關係的依賴和肯定。在《我與地壇》中，作者寫道，自己在兩腿殘廢後獨自前往地壇，他用追溯的方式記述母親對此的反應，並猜測母親當時可能懷有的心情和心理活動，其間穿插著自省的表述："現在我才想到，曾經給母親出了一個

文本介紹：
文本出處及主要內容。

文學選段：
抓住散文化的表現手法——細節描寫，刻畫母親形象。

通過記錄與母親的對話，突出母親對兒子的"小心翼翼"。

聯繫全球性話題，說明母愛帶給作者的改變。

整部作品：
《我與地壇》中，作者借緬懷母親，深刻反思自己的人生。

怎樣的難題""這以後她會怎樣，當年我不曾想過""只是在她猝然去世之後，我才有餘暇設想""那時的兒子太年輕"等等，這類表述讓我們看到一個已經成長了的作者如何緬懷逝去的母親，以及自己多年之後在追溯與地壇的互動中如何感受親情的可貴。這種表述已經不同於《秋天的懷念》，那種成長過後的自省時刻在追溯母親的過程中閃現，這也讓我們從另一個視角感受到家庭關係對於作者心理成長的影響，雖然在自省的方面與《秋天的懷念》相似，但那種自省的表達更為深刻。

　　而在散文《合歡樹》中，我們也看到了作者對於母親的另一種懷念。在這篇散文中，作者採用了象徵手法，將合歡樹所代表的母親的期許和愛融合在了對母親的懷念中。就在他二十歲時，因雙腿殘廢，已不年輕的母親為了作者而親手種下的合歡樹就變成了作者在絕望或困惑時的依靠，這種象徵手法讓我們看到了在家庭關係中，家長的鼓勵和支持能夠幫助孩子走出困境，並抱有希望。在現今時代，很多家長都將孩子的成功歸為學術或事業的成就，卻往往忽略了孩子在成長過程中的困惑。對外在表現的過度關注加劇了孩子內心世界匱乏的痛苦。在這裏，作者提供了自己的經歷，通過合歡樹將他的理解傳遞給讀者。

　　下面我要分析非文學作品。

　　首先，在這組圖文漫畫中，作者使用了通俗溫情的語言風格，向我們傳達了關於原生家庭的概念及其對個體的影響。首先從文字語言上，作者以圓滑的字體，居中的排版和綠色的背景展示，在所營造的親切氛圍中向讀者交代了西方視角下"原生家庭"的概念。接下來，作者主要強調"不記得的事情對你影響最大"，從中影射了原生家庭對幼小孩子深遠的影響。孩子幼小時記憶雖不深刻，但這時家人對孩子的影響卻是很大的。作者使用了選擇問句，並給出了自己的答案，隨後說明人們會仿照原生家庭裏不知不覺學到的行為，或者反其道而行之。在這裏，我們其實很容易理解家庭關係對於個人成長的影響這一全球性話題。個人往往會依據原生家庭所給予的視角，形成對某些行為的認同或不認同，從而在未來的生活中表現出相應的行為。

　　其次，在漫畫方面，簡約明快的畫風也向讀者傳達了原生家庭的差異和對個體心理的影響。在選篇第二幅漫畫中，作者選用了一位母親對孩子

《合歡樹》中象徵手法的運用，將母愛意象化。

非文學選段：
漫畫中的文字語言通俗溫情，字體圓滑，讓讀者自然而然地接受了"原生家庭"的概念及其影響。

畫面的選擇與簡約明快的畫風，生動展現了家庭對孩子產生的巨大影響。

積極鼓勵的畫面，畫面中背對著讀者的母親其居高臨下的位勢代表著家庭普遍存在的父母權力，在簡約明快的畫風中突出這種權力可能會給孩子帶來的潛在影響。而在第三幅漫畫中，家庭成員背掛著不同的家庭規則在進行溫馨的互動，暗示著即便不同的家庭規則會對家庭成員尤其是孩子產生影響，但這也是一種愛的表達方式。在與之配合的文字中，我們可以感受到原生家庭中愛的表現方式。家庭規則有時候會對孩子產生一種傷害，但是作者溫情的文字舒緩了讀者對於這種傷害的惡意揣測。顯然，作者在前三個板塊中，利用文字和漫畫，以圖文結合的方式向讀者展現了原生家庭可能對個體產生的影響，這也深刻映照了我所表述的全球性話題。

另外，整個文本的其他部分也在回應全球性話題。

首先，在這個公眾號 2021 年 4 月 22 日發佈的《要想毀掉一個孩子，就狠狠地催他，催他》中，作者除了在題目中使用重複的手法來強調催促孩子會毀掉孩子的自信心外，在正文唯一的漫畫圖片中，作者利用中心構圖法，並使用象徵手法，將孩子置於中心，接受來自父母的催促，無數的 "信件符號" 象徵著父母對孩子的催促，而孩子下半身已經埋在了信堆中。這些手法所傳達的內容讓讀者了解到，在這幅圖中只以身體的一部分 —— 手指出場的家長們，在孩子的成長中常常營造了一個無形的話語場，這樣的對話方式不只會毀了孩子，更會毀了親子間的正常溝通，進而影響他們的關係。

關聯作品：
通過引用與漫畫兩種符合該公眾號的手法，剖析父母的錯誤做法對孩子造成的心理傷害。

其次，在這個公眾號 2020 年 5 月 14 日發佈的文章《王朔坦白從沒愛過父母：不懂愛，是中國家庭的癌症》中，作者使用引用的方法開頭，部分引用作家王朔《致女兒書》裏的內容，內容裏作家王朔回憶自己小時候與父母的交流，無論是 "怕" "煩" 還是 "躲著" "裝" "難過"，都表明了小時候的王朔在不愛自己的父母面前真實的心理活動。作者藉助這樣一段話的引用，從八個要點展開，說明中國家長讓孩子產生心理傷害的八個做法。同樣使用卡通漫畫配圖以及整潔的論點排版，作者細數這些做法的具體表現，這與我所探討的全球性問題正好呼應了，在中國家庭中，這樣的家庭關係往往造成的是孩子對愛的感知缺乏，這樣的缺失會伴隨他們一生。

總而言之，兩個選篇從不同角度讓讀者感受到了來自家庭關係的力量。個體常常會因為得到了家人的支持和鼓勵而變得更為積極、樂觀，同時家人的傷害也會影響個體一生的行為模式，造成心理障礙。在我看來，

總結：
從兩個文本的文體特徵出發，總結了這個全球性話題對個體成長的意義。

圖文結合的方式讓現代人在面對原生家庭時會有更直觀、更有效的認識，而散文文體能夠深入讀者內心去體會作者的心路歷程，從而更好地感知家庭成員對自己的影響。無論哪種文體，都讓我們無法避免地重新審視家庭關係對自我認同的影響。在人生道路上，選擇什麼樣的路徑以及以什麼樣的態度去面對，這些都值得我們反觀我們的童年生活，並堅定地走下去。

五、問答示例

Q1 史鐵生的《秋天的懷念》與《合歡樹》，都引入了"菊花"和"合歡樹"這樣的植物意象。你認為這樣的寫法對表達文章主旨有什麼作用？

A1 無論是《秋天的懷念》中的"菊花"，還是《合歡樹》中的"合歡樹"，作者都使用了"移情"的手法，將自己與母親之間強烈的情感、母親對自己的愛、自己對母親的思念，藉助身邊的植物表現了出來。移情，就是作者把自己的情感滲入具體、鮮明的客觀對象，也就是寄情於物，託物抒懷，借物寄意，"故物皆著我之色彩"。

況且，史鐵生的母親本身就是一個喜歡侍弄花草樹木的人，她喜歡的菊花和親手栽種的合歡樹，寄予了一個母親對生活的熱情與希望；她更希望這些她所愛的植物能鼓勵她的孩子堅強地活下去。當母親離去後，這些花木就代表了永遠不會消失的母愛，是作者寄託思念之情的重要意象。

Q2 你的非文學文本是微信公眾號上的圖文作品。你認為這種圖文結合的文體，是不是最適合於發表在微信公眾號這樣的平台上？

A2 我的確這麼認為。首先，微信公眾號的目標讀者都是使用手機或者平板來閱讀的"E時代"讀者。這群讀者大都利用碎片化的時間瀏覽公眾號上的文章，所以閱讀的前一分鐘是至關重要的。有沒有吸引眼球的標題和富有創意的表述方式，常常是決定讀者是否繼續閱讀的關鍵。而我選擇的這個圖文結合的非文學文本，常常能以有趣而一目了然的圖片抓住讀者興趣，因為大家都知道，一幅好的圖片常常勝過千言萬語。

其次，在社交媒體進行閱讀，電子熒屏常常使人疲勞，不宜於讀者仔細審讀。所以在微信公眾號這樣的平台上發表文章，文字不宜過多，圖文結合的方式最為有效。特別是對於一些較為深奧、學術性的概念，大篇幅的文字闡述，只會讓讀者快速關閉這個頁面。

Q₃ 你在總結時談到了這兩個文本在反映"家庭關係對個體成長的影響"這一全球性課題時的特點，那麼對你來說，哪一個文本更能引發你對這個課題的思考呢？

A₃ 如我剛才所說，這兩個文本在討論"家庭關係對個體成長的影響"這個全球性課題時的角度是不一樣的。文學文本比較感性，從作者的個人經歷出發，歌頌的是母愛；非文學文本則偏向科普，從普遍意義上告訴大眾讀者，原生家庭對個體可能產生的影響是很大的。

對我個人而言，我覺得非文學文本對我的觸動相對比較大，它能夠引發我思考現在的家庭關係對我潛移默化的影響。這是我之前沒有意識到的。在此之前，我也不了解什麼叫"原生家庭"。但我不是說史鐵生的散文對我沒有價值，其實文學作品給我帶來的是一種審美上的享受，我被作者的母愛深深打動了，我想我很難忘記那一株株在風中綻放的菊花和那棵老四合院中的合歡樹。

六、綜合點評

考生以文學文本《秋天的懷念》與非文學文本圖文漫畫《幾張發人深省的原生家庭圖，告訴你什麼是命運》，探討了"家庭關係對個體成長的影響"這一全球性話題。考生的整篇口頭報告圍繞這一全球性話題，結合散文與圖文漫畫的文本特徵，主題明確且重點突出地表現了對這兩個文本的深入理解，以及對這個全球性話題的獨立思考。

在行文邏輯和組織方面，考生很好地平衡了文學文本與非文學文本、所選文本與整體作品之間的關係，從而較為全面而不是斷章取義地討論了文本與所選擇的全球性話題之間的關係。整篇表述結構清晰、條理清楚，結尾處還點明了兩個文本在反映同一個全球性話題上的特徵，起到了畫龍點睛的作用。

在師生討論的環節中，考生表現出了較強的文學功底，準確指出"移情"手法在散文中的應用及其效果。可以看出，考生在課程裏系統學習了圖文漫畫這一文體的文本特徵，所以在問答環節能夠侃侃而談。

七、模擬演練

全球性問題

❶ 現代社會家庭結構的發展與變化
❷ 家庭觀念與文化對個體的塑造
❸ 家庭暴力與女性／兒童／失智老人
❹ 家庭環境對個體成長的影響
❺ 家庭教育對個人價值觀形成的影響
❻ 家庭成員之間的關係與個人成長
❼ 代溝對兩代人交流的影響

觀點：

文學作品／節選

細節 1
細節 2
細節 3

非文學作品／節選

細節 1
細節 2
細節 3

文學作品／選集（BOW）

其他篇章 1
其他篇章 2

非文學作品／選集（BOW）

其他篇章 1
其他篇章 2

總結

（呼應開頭、聯繫全球性問題）

種族問題

探究領域 文化、認同和社區｜種族問題

一、課題解讀

　　社區中常常生活著來自不同文化的群體，他們往往代表不同的種族，而社區中的種族問題一直是西方視角下被廣泛關注和探討的問題。種族問題包含種族歧視、種族主義、種族隔離等內容。隨著時代的變化，種族隔離問題已經漸漸退出歷史舞台，但是其所展現的種族歧視問題，甚至更為深刻的種族主義一直得不到有效解決，例如近年在美國發生的黑人弗洛伊德被白人警察暴力抓捕最終喪命的事件等等。長久以來，有關種族歧視的討論不絕於耳，這個話題也成為全球矚目的焦點。不同國家、不同地域或多或少都會受到種族問題的困擾和影響，在相應的文學和非文學作品中也有相應的體現。

二、文本說明

1.文學文本：美國漫畫家阿特・斯皮格曼圖像小説《鼠族》❶。

❶ 阿特・斯皮格曼著，王之光譯《鼠族》，陝西師範大學出版社，2009 年 11 月，圖中文字經轉繁處理。

❷ 參見 https://www.un.org/zh/documents/treaty/A-RES-1904%28XVIII%29，2023 年 2 月 14 日瀏覽。

2.非文學作品：《聯合國消除一切形式種族歧視宣言》選段❷。

> ⋯⋯鑒於聯合國憲章係以全體人類尊嚴與平等之原則為基礎，除其他基本目標外，旨在促成國際合作，俾不分種族、性別、語言或宗教，增進並激勵對於全體人類之人權及基本自由之尊重⋯⋯

思維導圖

```
                    GI
               種族主義對個體的傷害
```

種族矛盾對個體的傷害：
- 對個體生存空間的壓縮
- 對個體生存權利的剝奪

種族歧視應受到全世界的關注：
- 種族歧視讓受歧視者權利難以達成
- 雙方因為歧視加深了彼此的仇恨和隔閡

文學文本：圖像小說
阿特·斯皮格曼《鼠族》

非文學文本：宣言
《聯合國消除一切形式種族歧視宣言》

三、結構提綱

	內容	討論要點
1	全球性問題	• 種族主義跨越時空，同時也衍生出很多現實問題，如種族矛盾和種族歧視等，這些問題對個體的心理及生活產生了深遠的影響。
2	文本介紹	• 文學選篇來自美國漫畫家阿特·斯皮格曼的圖像小說《鼠族》，講述的是主人公斯皮格曼聆聽父親弗拉德克回憶 1938 年納粹開始對猶太人採取行動，以此呈現當時強烈的種族矛盾。 • 非文學文本《聯合國消除一切形式種族歧視宣言》則是聯合國早在 1963 年 11 月 20 日通過的決議，以宣言形式力求國際合作，從而保障全世界不同種族間的平等以及各種族個體的權利。

	內容	討論要點
3	文學文本分析	• 作者使用漫畫的構圖呈現納粹針對猶太人的種族壓迫，這種壓迫對猶太人的心理造成了深層的傷害。 • 作者利用象徵性的手法，以極簡的畫風表現了種族間的差異和矛盾，同時也使用對話框直接說明了種族歧視的具體表現。 • 全書運用了現在與過去敘事並置的手法，將納粹對猶太人實施的種族滅絕，以及屠殺對猶太人幸存者嚴重的心理影響進行呈現。
4	非文學文本分析	• 運用宣言強烈而正式的語體特徵，凸顯國際社會對種族歧視問題的重視和義正辭嚴的態度，同時間接反映出所討論的全球性話題。 • 文本在宣言中加入了行動的特徵，不僅加強了此宣言達成的條件，還體現了此宣言實施的必要性。這樣的特徵側面反映出當時世界種族歧視現象的嚴重性以及對個體的深刻傷害。 • 《種族與種族偏見問題宣言》使用了相似的手法，針對當時部分地區因種族問題而發生的恐怖戰爭而對種族歧視問題再次發表宣言。
5	全球性問題總結與延伸	• 總結兩篇文本各自使用的手法，並對全球性話題進行討論。 • 兩篇文本雖然使用不同的形式和手法，卻有相同的關切。

四、範例點評

提出問題：
種族問題具有廣泛性，其影響涉及個體的心理和生活狀態，同時也直接或間接影響人們的身份認同。

　　老師好，我今天要做的口試題目是關於＂文化、社區和認同＂這一探究領域，著重探討的是種族主義對個體的傷害。我之所以選擇這個全球性話題，是因為在現今世界，全球範圍內的反全球化情緒高漲，伴隨而來的種族主義及其衍生的種族矛盾、種族歧視不絕於耳，是顯著的全球性問題。這種情形不僅跨越地域，同時也跨越時間。種族主義不僅客觀上造成了種族間的對立，同時在很大程度上造成了對個體的傷害。我選擇了兩個文本作為我的討論對象，文學文本來自美國漫畫家阿特‧斯皮格曼的圖像小說《鼠族》，非文學文本選段來自《聯合國消除一切形式種族歧視宣言》。

　　我先要對這兩個文本選段的內容進行概括。美國漫畫家阿特‧斯皮格曼的圖像小說《鼠族》以二戰納粹屠殺猶太人為歷史背景，通過漫畫藝術再現了作者父親在納粹集中營的真實經歷，以此對那段歷史所產生的影響和後果作出了真切的披露。所選篇章講述的是主人公斯皮格曼聆聽父親弗拉德克回憶 1938 年納粹開始對猶太人採取行動，以此呈現當時強烈的種族矛盾。而非文學文本《聯合國消除一切形式種族歧視宣言》則是聯合國早在 1963 年 11 月 20 日通過的決議，以宣言的形式，力求國際合作來保障全世界不同種族間的平等以及各種族個體的權利。

　　接下來，我要先對文學文本進行討論。

　　首先，從選篇中，我們可以看到作者使用了漫畫的構圖來呈現納粹針對猶太人的種族壓迫，而這種壓迫對猶太人的心理造成了深層的傷害。作者將老鼠作為猶太人的形象。兩幅選圖都將視角集中在一個列車的場景裏，主人公的父親在回憶列車裏的討論和所見所感。可以看到，作者在第一幅圖中將納粹旗幟置於圖中心，上下分別從外和內兩個視角表現火車裏的猶太人驚訝的表情。作為納粹的象徵，納粹標誌赫然出現在另一個種族的面前，以其作為中心的構圖方式向讀者傳達著鮮明的意義，那就是猶太人正在受到來自納粹的統治和管轄。從第二幅圖的六格構圖中，作者使用回憶的方式，將討論的內容通過六格圖呈現出來。六格圖首尾呼應，完整表達了作為猶太人在面對納粹鎮壓時的恐慌情緒。這兩幅圖讓我們看到種族矛盾初期的情形，在事態還未發展到激烈衝突之時，實施種族迫害的一方已經在無形中利用代表己方的符號對被迫害一方的心理造成極大的壓力。聯繫全球性話題，種族歧視往往一開始出現時就伴隨著弱勢一方的個體承受巨大的心理壓力，這種壓力往往來自實施歧視的一方在主權或權力方面的宣示，客觀上對被歧視一方的生存權利造成了壓縮，進而影響他們的生存質量。

　　其次，作者利用象徵性的手法，以極簡的畫風表現了種族間的差異和矛盾，同時使用對話框直接說明了種族歧視的具體表現。在這部漫畫小說

文本介紹：
選段以及整部作品的介紹簡潔明了，聯繫了全球性話題。

文學選段：
從漫畫的構圖來展開對全球性話題的討論。構圖具有一定的象徵意義，進而反映出選段所要傳達的一個種族對另一個種族的壓迫對個體造成的心理壓力。

從象徵性手法這個角度進行分析，尤其以文本特別的表現方式，將兩個種族幻化成"貓鼠"，反映種族矛盾對個體生活空間的壓榨。

中，作者利用老鼠象徵猶太人，而用貓象徵納粹，貓與老鼠的關係代表了納粹和猶太人之間的種族矛盾。尤其在第二幅圖中，作者利用貓對老鼠的鎮壓畫面讓種族歧視的問題直接暴露出來。而文字上的"我是髒猶太人"則直接告訴讀者種族歧視的例子。極簡的黑白對比，亦如矛盾的雙方，而濃黑的納粹旗子作為背景，象徵著猶太人生活在黑暗之中。結合全球性話題，我們看到種族矛盾所帶來的受壓迫種族權利的喪失，他們的生活已經無法再有公平可言，尤其這種矛盾上升到了種族隔離甚至屠殺，可見種族問題對個人影響的嚴重性。

整部作品：
整部書的雙線並行的敘事手法，表現了代際之間因為種族問題而產生的矛盾。首先，"我"與父親之間不親近的父子關係，其實是那場浩劫的產物；其次，書中引用的有關母親自殺的另一部漫畫作品，從另一個角度控訴了這場種族屠殺對個體帶來的巨大傷害。

除了節選片段之外，全書也運用了現在與過去敘事並置的手法，寫出了納粹對猶太人的種族屠殺和滅絕，及其對猶太人幸存者產生的嚴重心理影響。文本中現在的敘事部分是由主人公和父親的交談展開的，通過交談中的回憶來講述父親曾經遭遇到的種族隔離和屠殺這段歷史。在現實部分，父親個性的描述暗示了曾經的種族屠殺經歷對其疑神疑鬼性格產生的重要影響，這種性格進一步造成了父親和兒子之間巨大的代溝。在作品開頭的引子部分，父親告訴年僅十歲的"我"：朋友是不可靠的，讓童年的"我"莫名地對友情產生了恐懼；而在第三章《戰俘》的結尾處，父親強行扔掉了"我"的外套，將他自己穿舊的外套給了"我"。這樣的固執與一意孤行也讓"我"百思不解，更加認為父親根本不在意他人感受，甚至不尊重他人。

在種族問題嚴重的地區，受害者往往不是一代人，也不是單一的個體，就像作品中第五章的開頭，作者直接引用了過去發表過的一組漫畫，敘述了母親因為無法走出戰爭的創傷而最終選擇了自殺。母親的自殺不僅給父親造成了巨大的精神衝擊，也使本就精神衰弱的兒子更加陷入了精神崩潰的深淵。以上這種過去與現在的交互和影響讓讀者感受到種族矛盾對不同個體所產生的跨越時代和空間的深遠影響。

下面，我要針對非文學文本進行探討。

非文學文本：
從選段的文體特徵入手，間接陳述了宣言本身所涉及的對這一全球性話題的認同，能夠更直接地關涉到全球性話題的某個方面。

首先，在這個文本選段中，作為宣言的語體特徵之一，強烈而正式的語氣被運用，以凸顯國際社會對種族歧視問題的重視和義正辭嚴的態度，也間接反映出我所討論的全球性話題。宣言條例之前的關切部分，每個段落句首都用到諸如"鑒於""察悉""由於""深信"，以及段落中的"旨在""皆""均""人人""一切"等詞語，表明此宣言所關切到的群體，考慮到宣言發出的時間，其語言的文言文特徵表現了文體的正式性。這些語言上的特徵結合內容中的"種族""平等""偏見""歧視"等關鍵詞，直接關切到當時世界範圍裏的種族歧視問題。顯然，種族歧視對個體的影響在這種正式而強烈的語氣中得到認同，它關涉到了個體的自由權利的達成，也影響了個體在享有身份認同時所受到的阻礙，同時也影響到了受歧視者權利的達成。這些都深刻關聯到了我所討論的全球性話題。

其次，文本在宣言中加入了行動的特徵，不僅加強了此宣言達成的條件，也體現了此宣言實施起來的必要性。這樣的特徵側面反映出當時世界種族歧視現象的嚴重性以及對個體的深刻傷害。在表達關切之後，宣言以強烈的語氣呼籲全世界落實行動，來消除種族歧視。在正式頒佈宣言條例前，兩個"鄭重宣告"的句子中，"必要""必須"等詞語的使用加強了宣言實施的必要性。這種必要性正是來自現實中種族歧視對施受者尊嚴的嚴重影響。同時，此宣言的達成需要藉助新聞、教育等形式傳播，這種行動特徵側面反映出種族歧視現象的事實往往缺乏現實的傳播，尤其對於教育水平較低的社會和群體。這也說明了對種族歧視的判斷很大程度上受個體教育程度的影響。反過來，種族歧視之所以廣泛存在，也與社會的教育和傳播有關係。如今，在世界上大部分國家和地區，種族歧視現象並沒有那麼嚴重；然而在一些落後的國家和地區，由於教育和傳播方式不夠發達，傳統觀念和階級地位仍然會讓少數群體受到歧視，這也關聯了我所討論的全球性話題。

除了這一宣言外，聯合國也發佈了其他關於種族的宣言，如 1978 年11 月 27 日通過的《種族與種族偏見問題宣言》，它使用了相似的手法針對當時部分地區因種族問題而爆發的恐怖戰爭對種族歧視問題再次發表宣言。特別之處是，這個宣言多處關聯了聯合國其他共同宣言與公約，以此加強自身的嚴肅性和權威性。特別是它關聯了《世界人權宣言》，這個宣言的第二條就明確表達了關於種族與人權的關係，"人人有資格享有本宣言所載的一切權利和自由，不分種族、膚色、性別、語言、宗教、政治或其他見解、國籍或社會出身、財產、出生或其他身份等任何區別。"這樣的表述與其他宣言的表述共同締造了一個基於聯合國立場的關於種族問題的態度。這也反映出種族歧視跨越時空，從恐怖戰爭到個體生存的基本權利，它都以各種形式存在。這些無不關涉到我所探討的全球性話題。種

從宣言文體的另一個特徵說明，即行動特徵。這個部分反映了種族歧視現象的社會語境，而個體傷害則表現在了因為落後的經濟和教育而產生的仇恨感與疏離感。

關聯作品：
從聯合國發佈的其他宣言中找相似的手法和不同的內容，進而聯繫全球性話題。具體的內容可以再豐富一些。

族矛盾形式多樣，對個人的影響涉及方方面面，它在國際層面被無數次提出，但又無法真正達成共識。

總體來說，圖像小說《鼠族》運用了漫畫的手法，採用現在與過去兩個敘述者的雙軌的敘事線，真實呈現了二戰歷史中關於種族矛盾的極端例子，並無聲控訴了種族屠殺帶給個體的巨大傷害。而《聯合國消除一切形式種族歧視宣言》以宣言的語體，通過關切和行動特徵側面表現了種族歧視對於個體尊嚴和自由等基本生存權利的壓制。關切和行動的存在反映了種族歧視問題的普遍性，這也恰恰反映了這一問題的國際化意義。兩種文本雖使用不同的形式和手法，但關切的內容是一樣的，因此讀者關注此類問題的目的也是一致的。

五、問答示例

Q₁ 能夠表達種族主義的作品很多，為什麼你會選擇一本圖像小說來討論這個話題？

A₁ 首先，我覺得圖像小說是一種全新的文學文體形式。不同於純文字文本，它可以通過漫畫的手法直觀地刻畫人物的特徵、環境的情況和情節的發展，這更符合我們現代人的閱讀習慣。它也更能從視覺角度吸引我針對這個話題展開探討。同時，在表現種族主義方面，漫畫所特有的誇張與諷刺手法讓這個話題更容易被傳達出來。例如我剛剛提到的象徵手法，實際上這種將人的形象用動物的形象來表現的方式，更具有諷刺性，它體現了動物之間的天然對立正是二戰納粹與猶太人之間的關係，而用豬的形象表現波蘭人的形象，則更能夠對其民族本質產生諷刺的效果。

Q₂ 你的非文學文本選擇的是"宣言"，你覺得這種文體對於這個全球性話題的討論是否具有局限性？

A₂ 我覺得宣言主要的局限是宣示的內容太過籠統，所代表的群體沒有具象化，以及對這個全球性話題的討論不夠直接。因為宣言確實是針對各個國家所具有的種族主義的問題，以國家為單位向世界宣示原本的正義，但是它並沒有具體地展示種族歧視在各國的現狀以及真實圖景，缺乏一定的說服力。並且，因為宣言是直接針對當下的問題發表正義的主張，因此並沒有直接對這個全球性話題進行鞭辟入裏的探討。但是，即便這種局限性存在，我們也看到了作為權威機構的聯合國以宣言的方式正視全球性種族主義的存在，這正是在探討全球性話題時所需要的。

Q₃ 你特別強調了種族主義對個體的影響，我想知道種族主義除了對受害者有影響之外，對於施加者的影響有哪些？

A₃ 我覺得種族主義帶來的種族仇恨是對施加者的其中一個影響。所謂"一個巴掌拍不響"，種族主義帶來的影響是相互的，只是說客觀情況下會產生勢位差，產生所謂的施加者和受害者。但實際上，種族主義對兩者帶來的傷害是相同的。就像《鼠族》中，看起來以貓為形象的納粹是佔據上風的施加者，但是從小說塑造納粹的方式可以看出，種族主義造就了納粹殘忍的後世印象，對世人而言，納粹的殘暴已經深入人心。由此可見，仇恨所塑造的不僅是受害者的形象，也有施加者的殘暴，這兩者共同組成了種族主義的後果。

六、綜合點評

考生以一個特殊的文學文本《鼠族》作為這個全球性話題的切入文本，能夠很好地識別文體的相關手法，同時很好地結合全球性話題探討種族主義對個體的傷害。而非文學文本選擇的則是一個少有人會選的"宣言"文體，考生能夠從多角度探討宣言的手法，並結合內容說明作為聯合國這個關注全球性話題的機構如何在宣言中表達對種族主義的態度。對於這個話題，考生能夠識別文本中所涉及的內容和手法，思路清晰，表達流利，結構嚴謹，具有一定的洞察力和說服力。從考生的呈現中可以看出，考生對《鼠族》這個文本的內涵有著很好的理解，能夠精準地選擇相關部分，支撐對所選擇的全球性話題的論述。

考生可以提升的地方是，非文學文本的選用對於全球性話題闡釋的直接性相對較弱，需要考生挖掘角度對其進行探討，這就降低了考生對這個話題討論的有效性。因此，可以合理地將全球性話題進行調整，避免過於強調對個體的具體影響，這樣的調整會加強文本的說理效力。

 ## 七、模擬演練

全球性問題

❶ 殖民主義及其影響
❷ 移民問題和身份認同
❸ 少數族群與多數族群
❹ 海外華人的生存狀況
❺ 文化差異與種族和諧
❻ 多文化社群的種族問題
❼ 種族歧視與社會矛盾

觀點：

文學作品 / 節選

細節 1
細節 2
細節 3

非文學作品 / 節選

細節 1
細節 2
細節 3

文學作品 / 選集（BOW）

其他篇章 1
其他篇章 2

非文學作品 / 選集（BOW）

其他篇章 1
其他篇章 2

總結

（呼應開頭、聯繫全球性問題）

性別偏見

探究領域 文化、認同和社區｜性別偏見

03

一、課題解讀

　　性別話題是當代不可迴避的熱點之一。伴隨著西方女權運動的發展和傳播，根植於西方民主、平等價值觀之下的男女平等議題得到了廣泛的關注和討論。在傳統意義的男權社會中，因為話語權的缺失，女性一直被偏見束縛，難以在社會分工中與男性享有同等的機會和權利保障。比較直觀的性別偏見表現為，女性被要求承擔更多的家庭責任，在工作中遭到不公正的對待，在兩性關係中處於被動的一方，同時因為女性的身份而飽受傳統觀念的壓制和折磨。這些偏見造成了長久以來的兩性矛盾和衝突，以及女性自身身份認同的弱勢地位，進而影響了現代社會的和諧與進步。女性意識的覺醒讓深處於性別弱勢一方的婦女群體試圖通過反抗來爭取自己應有的權利，同時也努力為自己打造一片屬於她們的半邊天。

二、文本說明

1. 文學文本：節選自挪威劇作家亨利‧易卜生的戲劇《玩偶之家》第三幕。

> ……
>
> 海爾茂：（拉住她）你上哪兒去！
>
> 娜　拉：（竭力想脫身）別拉著我，托伐。
>
> 海爾茂：（驚慌倒退）真有這件事？他信裏的話難道是真的？不會，不
> 　　　　會，不會是真的。

娜　拉：全是真的。我只知道愛你，別的什麼都不管。

海爾茂：哼，別這麼花言巧語的！

（娜拉想出去投水自殺。）

娜　拉：（走近他一步）托伐！

海爾茂：你這壞東西──幹的好事情！

娜　拉：讓我走──你別攔著我！我做的壞事不用你擔當！

海爾茂：不用裝腔作勢給我看。（把出去的門鎖上）我要你老老實實把事情招出來，不許走。你知道不知道自己幹的什麼事？快說！你知道嗎？

娜　拉：（眼睛盯著他，態度越來越冷靜）現在我才完全明白了。

海爾茂：（走來走去）嘿！好像做了一場惡夢醒過來！這八年工夫──我最得意、最喜歡的女人──沒想到是個偽君子，是個撒謊的人──比這還壞──是個犯罪的人。真是可惡極了！哼！哼！（娜拉不作聲，只用眼睛盯著他）其實我早就該知道。我早該料到這一步。你父親的壞德性──（娜拉正要說話）少說話！你父親的壞德性你全都沾上了──不信宗教，不講道德，沒有責任心。當初我給他遮蓋，如今遭了這麼個報應！我幫你父親都是為了你，沒想到現在你這麼報答我！

娜　拉：不錯，這麼報答你。

海爾茂：你把我一生的幸福全都葬送了。我的前途也讓你斷送了。喔，想起來真可怕！現在我讓一個壞蛋抓在手心裏。他要我怎麼樣我就得怎麼樣，他要我幹什麼我就得幹什麼。他可以隨便擺佈我，我不能不依他。我這場大禍都是一個下賤女人惹出來！

娜　拉：我死了你就沒事了。

海爾茂：哼，少說騙人的話。你父親以前也老有那麼一大套。照你說，就是你死了，我有什麼好處？一點兒好處都沒有。他還是可以把事情宣佈出去，人家甚至還會疑惑我是跟你串通一氣的，疑惑是我出主意攛掇你幹的。這些事情我都得謝謝你──結婚以來我疼了你這些年，想不到你這麼報答我。現在你明白你給我惹的是什麼禍嗎？

娜　　拉：（冷靜安詳）我明白。

海爾茂：這件事真是想不到，我簡直摸不著頭腦。可是咱們好歹得商量個辦法。把披肩摘下來。摘下來，聽見沒有！我先得想個辦法穩住他，這件事無論如何不能讓人家知道。咱們倆表面上照樣過日子——不要改樣子，你明白不明白我的話？當然你還得在這兒住下去。可是孩子不能再交在你手裏。……

2. 非文學作品：中國台灣藝人王力宏前妻李靚蕾所發的微博長文 ❶。

❶ 參見 https://sg.weibo.com/1653255165/L6wkgy3LR，2023 年 2 月 14 日瀏覽。

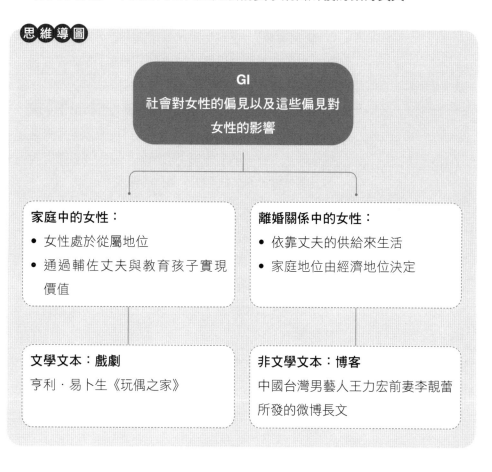

思維導圖

GI
社會對女性的偏見以及這些偏見對女性的影響

家庭中的女性：
- 女性處於從屬地位
- 通過輔佐丈夫與教育孩子實現價值

離婚關係中的女性：
- 依靠丈夫的供給來生活
- 家庭地位由經濟地位決定

文學文本：戲劇
亨利・易卜生《玩偶之家》

非文學文本：博客
中國台灣男藝人王力宏前妻李靚蕾所發的微博長文

	內容	討論要點
1	全球性問題	• 性別一直是身份認同的一個重要話題，而性別偏見一直隱藏在我們的日常生活中，尤其對女性產生了一定的影響。
2	文本介紹	• 挪威劇作家亨利·易卜生的《玩偶之家》創作於 19 世紀中後期，它主要是以社會問題為寫作對象而創作的"社會問題劇"，呈現的是作為家庭中的女性角色娜拉如何走出丈夫對她玩偶般的控制，最後走向覺醒。全劇分為三幕，選文來自第三幕。 • 非文學文本選段來自中國台灣藝人王力宏的前妻李靚蕾。在這段長文中，她以一個女性視角向讀者呈現並控訴其丈夫在婚姻中所犯下的錯誤，從中可以看出一個受偏見影響的女性對性別偏見的態度。
3	文學文本分析	• 動作性對白呈現了強烈的戲劇衝突，揭露了男主角海爾茂的虛偽，進而表現了娜拉在這段婚姻中所扮演的玩偶般的角色，即被男性任意辱罵和處置。 • 娜拉克制的台詞簡短而準確，刻畫出一個在丈夫面前無法辯解、羞愧難耐，以至於要輕生以求得原諒的女性形象。 • 在整部劇中，作者也使用了追溯法來呈現戲劇之外的劇情，讓我們間接看到了娜拉是如何為了愛情而主動承擔借貸的壓力，這是她想要成為獨立女性所做出的努力。
4	非文學文本分析	• 作者使用了類比的手法，將家庭主婦這一非正式身份與其他工作相比較，同時又用推己及人的方式，呼籲同為家庭主婦的女性要警惕男方無正當理由的離婚。 • 作者改用第二人稱，細數自己在與丈夫的婚姻過程中面對來自對方心理、金錢和情感上的壓力。作者直接使用"懷疑、羞辱和冷暴力"控訴對方施加在自己身上的負面影響。

	內容	討論要點
4	非文學文本分析	• 長文使用了博客的文體特徵來呈現這一全球性話題。這一文體特徵既包含博文中具有個性化的語言手法，也包含互動的元素，尤其是點讚、評論、轉載等功能。
5	全球性問題總結與延伸	• 總結、比較兩個文本的差異，同時說出各文本的重點。 • 性別偏見不僅會在當事人層面產生深刻的影響，同時也會在社會層面引發持久而深刻的討論。

四、範例點評

我今天口試所選擇的話題來自"文化、認同和社區"這一探究領域，我要對"社會對女性的偏見以及這些偏見對女性的影響"這個全球性話題進行討論。我認為這個話題很重要，因為女性作為社會組成的重要群體，她們長期以來在各個領域和文化中受到了區別於男性群體的不公正待遇。隨著社會的發展，女性承擔的責任也與日俱增，但是仍然有很多女性在家庭、社會、工作場所中遭遇了來自世俗文化或男性群體的偏見。我選的文學文本來自挪威的劇作家易卜生的《玩偶之家》第三幕中的選段，主要內容是海爾茂看完即將被辭退的職員克洛克斯泰寄來揭發娜拉偽造簽字借款的信後，原形畢露，斥罵娜拉。我的非文學文本來自中國台灣藝人王力宏的前妻李靚蕾所發的長篇微博文章，節選部分是她關於女性朋友面對婚姻問題應保護好自己的呼籲，和對前夫有理有據的控訴。

首先我要針對文學文本對我的全球性話題進行說明。

在選文中，作者首先使用了戲劇文本所具有的動作性對白，呈現出強烈的戲劇衝突，揭露了男主角海爾茂的虛偽，進而表現了娜拉在這段婚姻中扮演的玩偶般的角色。選段一開始，海爾茂言辭激烈，撕破了他平日對娜拉噓寒問暖的虛偽面紗，揭示了其作為男性具有的先天權威。無論是帶有命令指向性的對白，如"娜拉""你上哪兒去"，還是具有辱罵指向性的言語，如"壞人""撒謊的人""可惡極了"等，都無一例外地通過動作性的對白，呈現了舞台上男主人公海爾茂的憤怒行為。他的憤怒是對這一切

提出問題：

從"社會對女性的偏見以及這些偏見對女性的影響"來討論女性的身份認同問題。這個問題具有一定的全球性。但考生個人對此話題的意見略微冗長。

文學選段：

先從劇本的對白手法談起，探討選段如何表現人物之間的衝突，以此聯繫全球性話題。

從娜拉台詞的特點來呈現女性受到羞辱之後的心理活動，由此結合這一全球性話題。

的罪魁禍首 —— 娜拉的激烈譴責。海爾茂的一系列表現凸顯了娜拉的家庭地位，她的地位建立在男主人的自尊心之上。從中可見，在當時的社會，女性在家庭的從屬地位和男性對女性不可避免的偏見。

其次，娜拉克制的台詞簡短而準確，這樣的手法強烈刻畫出一個在丈夫面前無法辯解、羞愧難耐，以至於要輕生以求得原諒的娜拉形象。在這裏，娜拉的台詞中不停出現 "讓我走" "別拉著我"，甚至出現 "我死了就沒事了"。即便如此，在海爾茂瘋狂地辱罵責備之下，娜拉還會真實祖露 "我只知道愛你"。這些台詞處理將娜拉卑微的人物形象呈現給了讀者和觀眾，展示了一個受盡男性偏見折磨的女性 —— 娜拉，如何面對無盡的指責。從這裏，我們能夠看出男性對女性單方面的壓迫對女性身心的摧殘，而這一切都建立在對男性自尊心的保護上，女性沒有絲毫屬於自己的尊嚴可言。另外，海爾茂說："可是孩子不能再交在你手裏。" 這句話透露出海爾茂對娜拉教育責任的剝奪，這相當於在否定她道德的同時再次否定她作為母親的權利。現實生活中，很多全職媽媽被束縛在了家庭場域，唯有通過教育孩子來實現自身價值，而這種價值常常是男權社會給予她們的自我認同，是一種深刻的偏見。

整部作品：
情節的回溯，娜拉的心路歷程，突顯了作為女性在家庭事務中的無助與無力感。

除了選文以外，在整部劇中，作者使用了追溯法來呈現戲劇之外的劇情，讓我們間接看到了娜拉如何為了愛情而主動承擔借貸的壓力，這是她想要成為獨立女性所做出的努力。在劇本的第一幕，娜拉與老同學林丹太太久別重逢，在對白中祖露了為救海爾茂的命而向他人借款。在這裏，通過台詞，讀者了解到了曾經發生過的事情，在言語中，娜拉使用的是如釋重負的語氣，從中能夠看出娜拉的擔當和對海爾茂的愛。同時，這種隱瞞恰恰出於對海爾茂的懼怕，她害怕事情暴露後丈夫會拿她是問。情節的追溯讓我們對於娜拉在家庭中受到的壓制有了更加完整的認知，而這種壓制恰恰來自當時社會中男性對女性的偏見，認為她們無法做主，尤其是借錢這種事情。

而在這部劇作中，最為明顯的手法就是象徵。作者通過象徵手法表現了海爾茂對娜拉的控制，進而表達了男性對女性的控制。無論是題目中的 "玩偶"，劇本第一幕中娜拉極力掩飾正在吃的 "杏仁甜餅乾"，還是第二幕中娜拉為了參加舞會而練習的 "舞蹈"，這些都象徵著娜拉沒有自主決定權，她甚至無法自主決定吃什麼，能否參加舞會等等細小的事情。由此可見娜拉被玩偶一樣地操控著，喪失了獨立的人格，這是男權社會在婚姻關係中對她應有的權利所進行的剝奪和踐踏。

接下來我來說一說非文學文本。

首先在選段的第一部分中，博文作者李靚蕾使用了類比手法，將家庭主婦這個並非職業的頭銜與其他工作對比，作者將討論的語境置於當代，這一時代的女性多為受教育者，而她們仍然選擇做家庭主婦，這其實就在向公眾說明，家庭主婦某種程度上應該等同於各種家政職業的組合，應該被視為一種帶薪水的"工作"。文中寫道"24 小時多重角色（例如：保姆 / 老師 / 打掃阿姨 / 司機 / 總管 / 伴侶 / 特助等工作）"。我們很容易理解作為弱勢群體一方的家庭主婦其實並沒有在社會中得到普遍認同，她們的工作被認為是不必要的，同時，女性有義務留在家中相夫教子。文本站在當事人的角度，揭示了女性在婚姻生活中處於弱勢的原因：家庭主婦們不願用丈夫的錢，其實是"怕看丈夫的臉色"，和被社會譴責為市儈或質疑為"拜金女"。這很符合我們的全球性話題，即便在 21 世紀，女性已經有獨立的受教育權利，但是當她們回歸家庭成為家庭主婦時，依然飽受傳統觀念的束縛。這導致她們在婚姻中，以及在離婚過程中很容易成為受害者。因為她們在婚姻中的家庭工作是無償的、沒有薪酬的，所以她們離婚後沒有積蓄維持生活。

選段的第二部分，作者改用第二人稱，細數自己在與丈夫的婚姻過程中面對來自對方的心理、金錢以及情感上的壓力。作者使用"懷疑、羞辱和冷暴力"等表述控訴對方施加在自己身上的負面影響。而接下來關於財產的部分，作者更是毫不留情地指摘對方的卑劣手段。第二人稱的使用讓這個部分的後半段完全成為自己與丈夫私人間的對話，以一個妻子的視角向對方質問和揭露不為人知的細節。在這個過程中，過於親密化的表述看似是對丈夫說的，實際上是在向讀者袒露她在婚姻中所扮演的"棋子"的角色，這能夠在最大程度上博得讀者的同情，讓讀者意識到作為公眾人物的妻子所面對的不為人知的辛酸。這恰恰反映出處於夫妻關係弱勢地位的妻子無力抵禦來自男方施加的種種包含言語、心理以及金錢上的壓力。事實上，即使在普通家庭中，如果家庭的經濟來源都由丈夫一方來承擔，

非文學選段：
類比手法的使用，推己及人，用現代家庭主婦的視角探討女性所受到的偏見。

微博文體便於作者使用第二人稱來表達自己對其他人的看法或感受。當私人話語場域公開，這種控訴中所涉及的全球性話題更能引發共鳴。

那麼作為家庭婦女的女性也會一直處於被動地位。這種男尊女卑的現象產生了偏見，對女性的影響不僅是其經濟地位的缺失，更是對其身心健康的摧殘。

此外，李靚蕾後續發表的博文也能關涉到這個議題。在其 2021 年 12 月 19 日發表的長博文中，李靚蕾通過女性視角對王力宏利用爸爸出面祖護他的做法大加貶斥，其中"一個中年人卻選擇躲在爸爸後面當白臉""一邊利用爸爸的同情心和愛"，這種表述在某種程度上反映出她依然在遵守作為兒媳婦的孝道，並未把這場輿論的焦點轉移到王父身上，可悲的地方就在於，李靚蕾明明可以作為獨立女性抨擊王家所有對她的不公對待，卻依然秉持著社會倫理道德做最不傷及第三者的控訴，這在某種程度上也是對她的嚴重不公。

另外，作為博客文體，這篇長文整體上利用了博客的文體特徵來呈現全球性話題。其文體特徵既包含博文中具有個性化的語言手法，也包含一些互動的元素，尤其是點讚、評論、轉載等功能。截至目前（2022 年 12 月 19 日）有近 52.5 萬人轉載，有將近 71.7 萬人評論，更有 12 萬人點讚。從讀者的互動中，我們不難看出作者所提出的一些關於男女平等相關的內容受到了讀者的認同。這很好地印證了在當代社會，尤其是中國社會中，社會對於家庭婦女的地位以及她們遇到離婚問題時所處的弱勢一方等事實其實是抱有偏見的，這種偏見不僅發生在作者的生活中，也發生在千千萬萬個相似的家庭中，不只在中國，也在全世界。

總的來說，無論是《玩偶之家》，還是李靚蕾的微博長文，我們都能看到關於社會對女性的偏見，以及這種偏見給女性帶來的影響。文學文本《玩偶之家》作為戲劇劇本，用對白來呈現不同人物的心理和人物形象特徵，並將劇中不曾出現的事件通過追溯法表達出來，這讓讀者對於這一全球性話題有了更為直觀的感受。而非文學文本中，作者使用個性化的表述方式，將私人議題通過開放的平台傳播出去，一方面據理力爭，另一方面也對讀者產生了更為廣泛而深刻的影響，讓我們感受女性作者在家庭中的抗爭，也感受到了即便是新時代，女性依然會受到傳統的偏見和男性的壓迫。這些偏見不僅對當事人造成了巨大影響，同時也在社會層面引發了持久而深刻的討論。

整部作品：
從博客的相關文體元素來印證這一全球性話題的廣泛性。這一點十分有效。此外，內容方面可再做更多的探討。

總結：
分別總結兩個選段的手法及內容，最後對這一話題進行引申。

五、問答示例

Q₁ 像《玩偶之家》這種虛構性文本是否對主題的表達存在一定的局限性？

A₁ 當然，某種程度上，和非虛構文本相比，虛構性的文本會帶給讀者不一樣的感受，但我不覺得它對於這個主題的表達具有局限性。首先，虛構類文學文本的創作取材於現實社會，它只是採取了虛構的手法進行表達。作為社會問題劇，《玩偶之家》通過戲劇的表現手法，通過戲劇衝突，將當時社會中存在的男女不平等的問題表現了出來。這種手法能夠集中表現矛盾，讓人物的心理活動和情感變化更具張力，而這些與現實並不脫節的戲劇內容在這些手法的強化下讓人印象更加深刻，也更具有表現力。其次，與非虛構文本相比，戲劇這一虛構類文本本身經歷了長久的發展和演變，最終固定為一種文體形式，它滿足了戲劇創作者通過戲劇委婉地傳達對社會問題的關注和發表意見的訴求；同時，它也是經過幾代甚至幾十代受眾的檢驗而不斷被完善的藝術形式，因此它符合讀者的審美需要。與非文學文本的實用性相比，戲劇這種虛構類的文本類型會更加滿足作者和讀者通過舞台表演而建立起的交流需要，因而更具有其他文本所不具有的優勢。

Q₂ 你的非文學文本來自社交媒體的微博文章，我想知道作者所使用的控訴性的表達手法，例如第二人稱的使用等，會不會讓它不太適合在微博平台上發佈？

A₂ 微博確實是一個公眾平台，它的語境場域是開放的，能夠接受來自廣大用戶的評論與意見表達，這篇微博的作者確實在利用這一語境特點放大她在婚姻關係中所受到的不公平對待。我想，她在發表這篇文章之前應該清楚地知道這種文體的使用情況，因此她所使用的表達手法都經過了考量。只是說，選擇這種平台討論私人的事情確實具有一定風險，容易讓讀者臆測作者的真實意圖和態度，有時會適得其反，遭到來自公眾的輿論壓力。同時，針對私事，尤其對於夫妻事務以討伐式口吻發表的博文更能博得讀者的同情。作者並沒有試圖用第三人稱向讀者們轉述自己的遭遇，這避免了讀者被動地進入二人事件中，進而背負不必要的道德責任。第二人稱的使用似乎是在指責對方，但實際上能夠將讀者置於事件之外，一方面利用了讀者的好奇心來引發大眾的關注，另一方面也將二人矛盾局限在兩個人的話語場域中，釋放了旁觀者的道德束縛，更有利於獲得共情。有鑒於以上兩點，我覺得作者之所以選擇在這個平台發佈博文一定有她的考量，同時也具有一定的合理性。

Q3 在你看來，哪個文本對你在這個全球性話題的思考方面更有幫助？

A3 我個人覺得是《玩偶之家》。其實像微博這篇以女性視角發表的控訴性質的文章，在當代社會語境之下已經屢見不鮮了，這很容易讓人們忽略這個社會對於女性到底抱有怎樣的態度。事實上，我之所以選擇這個話題，主要想了解時代的進步有沒有從根本上改變女性在社會上的地位，而《玩偶之家》這部創作於 19 世紀的戲劇作品，讓我深刻意識到了女性地位的一些進步。《玩偶之家》所在的社會語境為工業革命時期，作為社會問題劇，作者想要向讀者展示的是一個小資產階級家庭的矛盾，而工業革命需要女性從家庭中走出來，這是婦女解放的先決條件。戲劇以娜拉的出走作為結局，暗示了女性應該尋求自主和自由，這也是那個時代女性地位提升的訴求。而在現代語境下，如果不是《玩偶之家》給我提供了這樣一個對女性問題思考的跨越百年的樣板，我可能就無法體會現代社會中女性解放的重要意義。很多人都覺得兩性矛盾或女權主義只是小眾的訴求，不應因此打破社會原有規則，但深入社會發展以及社會內在規律中，我們不難理解，正如 19 世紀的歐洲社會一樣，現代社會依然需要女性具有自主權，而不應該用家庭和教育束縛她們。

六、綜合點評

　　考生選擇了一個具有普遍意義的話題，合理選擇了文學和非文學文本對這個話題展開討論，討論富有成效。同時考生也能夠很好地平衡文學和非文學文本的討論，而不是偏廢其一。在分析的角度方面，考生能夠抓住文體特徵和表達手法，結合全球性話題展開論述，結構清晰，內容也比較切合題目。

　　學生在討論的部分能夠很好地理解文學文本在虛構性的方面所具有的優勢以及獨特的審美價值，同時也能夠很好回應兩個文本在表達這個全球性話題方面各自所具有的文體特徵，可見考生對於不同概念的理解是很到位的。

　　美中不足之處是，考生選用的非文學文本長度有限，作為整部書作品來探討，體量上稍顯不足。當然，考生試圖建立文本所在語境與全球性話題的表現之間的關聯，通過對讀者反饋的聯繫闡釋全球性話題，這種思路是值得肯定的。雖然讀者反饋不屬於作者所創作文本內容的一部分，但是它反映出了作者在發佈文本時必然想要依賴的相關文體元素，這對於文本分析來說可以算作一個不錯的視角。

全球性問題

❶ 女性主義與女權主義

❷ 男權社會中的女性地位

❸ 兩性矛盾與性別平等

❹ 女性的身份認同所受到的挑戰

❺ 家庭暴力與女性維權

❻ 女性話語權的缺失和重建

❼ 拜金主義下的兩性關係

觀點：

文學作品 / 節選

細節 1

細節 2

細節 3

非文學作品 / 節選

細節 1

細節 2

細節 3

文學作品 / 選集（BOW）

其他篇章 1

其他篇章 2

非文學作品 / 選集（BOW）

其他篇章 1

其他篇章 2

總結

（呼應開頭、聯繫全球性問題）

第二章
信念、價值觀和教育

信念力量

探究領域 信念、價值觀和教育｜信念力量

一、課題解讀

　　信念指的是人們面對某種事物或事件時所秉持的確信的態度。一個人的信念往往形成於他的成長過程中，並受到周遭環境的左右。家庭環境、社會環境、教育環境、文化環境等等都會對一個人的信念產生一定的影響。人在一生中往往需要某些信念過活，而社會的意識形態往往對個人的生存狀態有著決定性的作用，於是這個話題就變成了普遍性的、值得探討的全球性話題。不同國家地域、不同文化之中都存在著相似或對立的信念標準。作為學習者，無論在文學文本或非文學文本中，我們總能感受到信念的力量。

二、文本說明

1. 文學文本：宋代文學家蘇軾詞作《定風波・莫聽穿林打葉聲》。

> ### 定風波
>
> 　　三月七日，沙湖道中遇雨。雨具先去，同行皆狼狽，余獨不覺，已而遂晴，故作此詞。
>
> 　　莫聽穿林打葉聲，何妨吟嘯且徐行。竹杖芒鞋輕勝馬，誰怕？一蓑煙雨任平生。
>
> 　　料峭春風吹酒醒，微冷，山頭斜照卻相迎。回首向來蕭瑟處，歸去，也無風雨也無晴。

❶ 參見下方二維碼：

2. 非文學文本：樂隊"五月天"《頑固》MV 文本。❶

GI
人們所秉持的人生信念如何影響
他們對事物的看法

面對打擊和挫折時：
- 心中要充滿希望和信念
- 信念會幫助人們抵禦困難

面對堅持的夢想：
- 即使人生普通，也要重拾信念
- 信念幫助我們找回理想的意義

文學文本：詩歌
蘇軾《定風波·莫聽穿林打葉聲》
《浣溪沙·遊蘄水清泉寺》

非文學文本：歌曲 MV
樂隊"五月天"《頑固》《你不是真
正的快樂》

三、結構提綱

	內容	討論要點
1	全球性問題	• 積極的人生態度能夠改變人對於世界的看法，從而以更為平和積極的態度面對周遭，為世界帶來積極的改變。
2	文本介紹	• 文學文本選用蘇軾的詞《定風波·莫聽穿林打葉聲》。這首詞寫於蘇軾被貶黃州之後，作者借春遊偶遇風雨這件小事抒發了自己超凡脫俗的人生理想，讓我們看到了一個秉持堅毅信念的獨行者形象。 • 非文學文本來自樂隊"五月天"的 MV《頑固》，通過講述一個飽受生活打擊的老人如何重拾年少時造火箭夢想的故事，從而喚起普通人重拾自己曾經丟失的信念。

	內容	討論要點
3	文學文本分析	• 作者使用了具有象徵意味的意象，説明自己人生正在經歷的境遇，正是這種不堪的境遇深化了作者對信念的堅持。 • 詞人在上闋連續使用多個否定和反問句式，十分堅定地袒露了自己的心志，讓讀者直觀地感受到了一個秉持積極人生信念的文人形象。 • 《浣溪沙・遊蘄水清泉寺》，作者使用類比手法，將人生和門前的流水做比較，反映出對生活的信念。
4	非文學文本分析	• 在歌詞的部分，作者使用了第二人稱的手法、詩化的語言以及象徵性手法，喚醒人們心中因無情的生活而消失的信念。 • 在 MV 裏，作者使用相應的拍攝手法，以此來呼應信念這個主題。 • 在 MV 的結尾，作者用了開放性結局，讓信念的作用變成一個更為昇華的主題。 • 在《你不是真正的快樂》中，富有象徵性的鏡頭強調了自己的快樂是由自己所秉持的信念給予的。
5	全球性問題總結與延伸	• 兩個文本都較為抽象地呈現了信念的力量，以及信念給我們生活帶來的影響。 • 兩個文本在表現這個全球性話題時雖各有側重，但也使用了通用的手法。

四、範例點評

提出問題：
從個人信念出發，探究信念與人對世界看法之間的關係。

　　老師好，我今天所選擇的全球性話題屬於"信念、價值觀和教育"，具體題目是"人們所秉持的人生信念如何影響他們對事物的看法"。我之所以選擇這個話題，是因為古往今來，無論生活在哪裏，人們都在面對信念選擇的問題。這關乎他們的生活質量，進而關係到一個社會、一個國家、一個民族的命運。積極的人生態度、對人生秉持的信念，會改變人們對於世界的看法，從而以更為平和與積極的態度面對周遭，並將這種有效應對人生苦難挫折的方式傳遞給身邊的人，為世界帶來積極的改變。

　　我所選的文學文本是蘇軾的詞《定風波·莫聽穿林打葉聲》。這首詞寫於蘇軾被貶黃州之後，作者借春遊偶遇風雨這件小事抒發了自己超凡脫俗的人生理想，讓我們看到了一個秉持堅毅信念的獨行者形象。而來自樂隊"五月天"的 MV《頑固》，則通過講述一個飽受生活打擊的老人如何重拾年少時造火箭夢想的故事，喚起普通人重拾自己曾經丟失的信念。這兩個文本選段都在"信念"這個話題上有著各自的呈現方式。

文本介紹：
兩個文本都與這一全球性話題直接相關。

　　在文學文本中，首先，我們看到作者使用了具有象徵意味的意象，講述自己人生正在經歷的境遇。正是這種不堪的境遇深化了作者對信念的堅持，從而讓自己從這些困難狀況中脫身，能夠豁達地面對人生。上闋中"穿林打葉聲""竹杖芒鞋"都在看似平常的意象中投射了自己的境況。結合作者當時的處境，被貶黃州或許已是死裏逃生的恩賜，但是人生的轉折總是如風雨一般，激盪著心中的寧靜世界，而樸素、略顯窮困的衣著更是作者境遇的真實寫照。接著，下闋中的"料峭春風"則讓艱難的境況增添了愁緒。此時，作者筆鋒一轉，一個"山頭斜照"打開了苦悶的局面，與之前的種種意象產生對比，足見作者在逆境中仍能心向陽光，苦難再多也不會消解對信念的執著。我們生活中也常常會遭遇艱難困苦，如果我們能夠秉持積極的人生信念，其實這些苦難就不過是生命歷程的一個階段，面對困難時的感受常常取決於我們有一個怎樣的內心世界。

文學選段：
先從詩歌的表現手法深入了解作者在表達這個主題時所使用的技巧——意象。

聯繫全球性話題。

　　此外，詞人在上闋連續使用多個否定和反問句式，十分堅定地袒露了自己的心志，讓讀者直觀地感受到了一個秉持積極人生信念的文人形象。無論是"莫聽""何妨"，還是"誰怕"，都體現了詞人對不幸境遇的蔑視，以此明確自己的信念和志向。而下闋中，結尾一句點睛之筆，仍然使用否定句式，"也無風雨也無晴"，平淡的語氣中充滿對這一路波折的淡然處之的態度。至此，作者昇華了整首詞的意境，在否定和反問句中傳達了不懼困難的決心和信念。生活常常給予我們獲取信念的機會，但能否達成，主要看我們以怎麼樣的情緒和態度面對無法掌控的生活。我們所秉持的信念往往會讓我們不懼負面境遇，勇往直前地直面慘淡的人生。

詞人通過否定句式來表明心志。

聯繫全球性話題。

　　其實，蘇軾的作品中不乏關於信念的詩詞。例如在《浣溪沙·遊蘄水

整部作品：
能夠從其他作品中找到另一個例子進行說明。

清泉寺》中，"誰道人生無再少？門前流水尚能西！休將白髮唱黃雞"使用了類比手法，將人生與門前的流水相比較，認為人們不能夠因為年老而輕易地否定自己。恰恰是因為有了生活的信念，作者才能夠將年齡看淡，表達出不要在年老時感歎時光飛逝的人生態度。在全球逐步進入老齡化的今天，讓年長者堅定生活的信念，是改善他們晚年生活境遇的有效方法，由此可見信念的可貴之處。

在非文學文本部分，我選擇的是樂隊"五月天"的MV《頑固》。首先在歌詞部分，作者使用了第二人稱手法，在這裏，"你"既表示MV中的主人公，也可以指代讀者。通過這種寫法，作者好像面對著一個具體對象，推心置腹地談論著與理想截然不同的現狀，向受眾表達："你"是否依然堅守心中的"頑固"，以此與受眾，尤其是那些曾經充滿夢想，但因現實的殘酷不得不向命運妥協的人進行交流。同時，作品中詩化的語言在平實而充滿真情的語氣中，富有象徵的意味。比如，"你頑固的神情，消失在鏡子裏"中，"神情"象徵著面對挫折的狀態，"鏡子"更像是作者內心對自己的看法。"吞下了淚滴""拼回破碎自己"，象徵著自己對痛苦的隱忍和對信念的重塑。利用詩歌的象徵手法，作者反覆強調的"自己"和"頑固"就是自我相信的信念，這在我們的生活裏是至關重要的。作者要喚醒我們心中因為無情的生活而消失的信念，因為它，我們從小到大才能不斷衝破生活的束縛，不與生活妥協，最終做自己。

其次，在MV裏，我們也看到作者通過相應的拍攝手法來呼應信念這一主題。MV的整體色調略帶昏黃，故事多發生在夜晚，這樣的色調和場景選擇營造了一種壓抑感，而這種壓抑感多反映為個人因現實生活而產生的挫折感。在這種挫折感面前，作者試圖搭建一個年邁的老者重拾年少夢想的勵志故事。隨著MV的樂曲不斷走向高潮，伴隨著火箭升空，那些與主人公有關聯的人物都回過頭，在攀升於夜空的火箭燃火的映照下，好像都看到了兒時曾擁有夢想的自己。在這裏，作者利用第一視角鏡頭，帶領受眾跟隨不同人物回望大家兒時的夢想，從而給受眾一個審視自己兒時夢想的窗口。這種拍攝手法更能引發受眾對於信念這一主題的近距離觀察。其實我們每個人都想成為年少時期望的自己，但是生活中存在種種不可測的境遇，唯有信念能讓我們找回初衷，從而更自信地面對生活的不如意。

非文學選段：
從 MV 中的歌詞入手，從第二人稱、詩化的語言到象徵手法的運用，來說明歌詞中所包含的信念。

從 MV 的拍攝手法來探討這一全球性話題。

作者使用超現實的拍攝手法，呈現了關於信念的超現實角度。對於普通人來說，他們無法放下一切去追尋曾經的夢想，但是信念就是我們頑固的想法，即便在生活中迷失了方向，但只要堅信自己的能力，就能夠從中找到意義，找到自己的位置。

在這首 MV 裏，作者還使用了其他手法呈現這一全球性話題。在 MV 的結尾，作者通過開放性結局，讓觀眾思考信念的作用，從而進一步昇華了主題。主人公製造的火箭最終失敗，他在收拾殘局的時候回頭看著那個並未離開他的兒時的自己，並遞上一本小時候為之著迷的科學雜誌，兩人相視而笑。MV 到此結束，曲終人散之餘給讀者無窮的回味。即便我們付出了千百倍的努力，我們的生活可能仍然會如往常般繼續，但是我們不能因此放棄信念，因為它會在我們需要的時候溫暖我們的內心。尤其在動盪的時代中，很多人難以直面生活的挫折，如果選擇放棄，那麼人生也就毫無意義。這個 MV 其實在告訴大家，即便失敗，也不要放棄信念。擁有信念的人，在看待失敗這種問題的時候也會更加積極，而不會輕易放棄自己。在漫長的歲月裏，挫折感可能會時時襲來，而擁有信念就意味著自己並不孤獨，因為自己還有那個堅定的自己始終相伴。

而在《你不是真正的快樂》MV 中，伴隨著激勵亢奮的音樂和帶有勸誠性的歌詞，作者使用了一個富有象徵意義的鏡頭，即演唱者之一的怪獸舉著一個 "講笑話一則 50 元" 的牌子，以此增加信念對人的積極影響。作者在 MV 中穿插了舉牌者不斷接受別人給予的賞錢，又不斷貼著對方耳朵講故事，並在對方感到快樂時把錢還給對方的場景，這樣一種富有隱喻性的行為不斷強化了歌曲 "你不是真正的快樂" 這個口號式的判斷。舉牌者化身為信念的象徵體，這也恰恰啟迪著聽眾，也許自己就是那個對自己不快樂並不知情的人，而快樂其實就是自己用積極的信念給予自己的。

兩個文本都較為抽象地呈現了信念的力量，以及信念給我們生活帶來的影響。在蘇軾的詩詞中，詩歌常見的意象和修辭手法賦予了具體的生活場景象徵意義，以小見大，讀者更能感受其思想內涵。相比之下，MV 能夠讓我們從聽覺語言和視覺語言多個角度理解信念這一主題，無論是歌詞的寓意、畫面的處理，還是 MV 故事情節的設置與樂曲的配合，《頑固》這一 MV 讓我們能夠更直接地擁有真實且超現實的體驗，更直觀地了解

聯繫全球性話題。

從結尾的開放性手法來分析，考生可以針對歌曲 MV 的旋律進行說明。

從另一個 MV 中富有象徵意味的手法結合話題討論，加入了較多個人解讀，可以多結合文本進行解讀。

總結：
主要針對兩個文本進行比較，可以針對這一全球性話題進行延伸。

信念在我們的生活中所扮演的角色。也許我們最終仍然要回歸現實，但是信念會始終與我們相伴，並改變我們對現實生活的看法。儘管我們只是平凡的人，但我們能夠給身邊的人帶來希望，帶來屬於自身的價值，這就是《頑固》MV 試圖讓觀眾思考的問題。兩個文本在表現這一全球性話題時雖各有側重，但能夠使用相同的手法，例如對比。《定風波》將雨中和雨後進行對比，抒發了詞人對信念的理解，而《頑固》則將現實和夢想進行對比，使用了超現實的手法來表現真實的自我，以及對真實的自我這一信念的堅守。

五、問答示例

Q1 歌曲在某種程度上也可以視為文學文本，畢竟它的歌詞部分就是詩歌，請你說一說非文學文本選篇是否會與文學文本選篇重複？

A1 首先，我承認歌曲的歌詞部分確實與詩歌無異，但是即便如此，這首現代歌曲歌詞的創作也是現代詩歌的一部分，它與我所選擇的古典詩歌在表現手法方面還是有差別的。蘇軾的詞在結構上是有限制的，作者需要符合詞牌的規則來傳遞一種積極向上的情緒，這也是蘇軾 "以詩為詞" 的創造性之處。而現代詩歌第二人稱的使用大大增強了詩歌的陌生化效果與所指的任意性特徵，這能讓聽者更容易地被帶入和感化，從而加強這一全球性話題的表達。二者的不同之處可以說明，即便這一非文學文本有一定的文學性，但在手法上還是有差別的。另外，作為一個歌曲 MV，它也包含非文字的語言要素，例如圖像語言、音樂語言等。我雖然沒有從音樂語言方面分析，但是它的圖像語言讓它超越了文學性特徵，是人們所熟悉的非文學文本類型。拍攝手法的使用和意義產生的方式讓這個全球性話題更具有針對性和時代性。總的來說，我覺得我選擇的這篇非文學文本和文學文本並不重複。

Q2 在你的文學文本分析中，你提到了"意象"這個手法，而在你的非文學文本分析中，你提到了"象徵"手法，能否說一說兩個文本在使用這些手法上的異同？

A2 首先，相同的方面是，這兩個文本都試圖用象徵性的形象來表達一種含義。在蘇軾的詞中，作者在上闋使用了核心意象"雨"，表面在寫他所處的環境，實際上象徵了他的人生際遇，這與《頑固》歌詞裏的核心象徵性意象"淚"有著類似的含義。無論是蘇軾的詞還是"五月天"的歌詞，兩個文本都在用象徵性的手法營造一種人生艱難的處境，以此反襯對重建信心的堅持。不同之處在於，詩歌中的意象通常通過文字傳達象徵意義，而非文學文本的 MV 也使用了象徵性手法來傳達與這一主題相關的含義，比如 MV 男主建造的火箭，作者希望以此象徵兒時的夢想。另外，MV 中發射火箭的時間是在晚上，而夜晚本身也同樣能夠象徵一種困頓的現實。總的來說，非文學文本不僅能夠用詞語表達象徵意味，也能通過視覺語言傳達象徵意涵，這是文學文本所不具有的。

Q3 在你看來，你所選的這個全球性話題有哪些現實意義？

A3 我覺得有兩方面的意義。首先，當前的世界處在相當不穩定的狀態中，無論是新冠疫情，還是大國間的衝突與矛盾，這些都在某種程度上加劇著變動，這就要求我們時刻抱有一種積極的心態去面對可能產生的變動。我們很難確定和平時代會持續多久，未來的生活是否一如平常，但我們至少能夠確定的是，積極的人生態度是抵禦生活困難的終極良藥。此外，這對我們重新認識人與社會的關係至關重要。在潛在的衝突和矛盾中，個體總是在固守個人利益，在怨天尤人中不斷把矛盾拋向外界。實際上，我們如果能夠了解個人信念對現實的意義，就可以通過加強信念來完成對現實的改造。當然這不是憑藉一己之力就能達到的，而是需要全社會的參與，我們需要清醒地了解自己理想的社會是怎樣的，從而通過我們的主觀能動性來改觀現有問題，這對我們來說意義更為重大。

六、綜合點評

　　考生能夠從文學文本《定風波·莫聽穿林打葉聲》和非文學文本 MV 《頑固》中分別挖掘出兩位作者在這一全球性話題中的表現手法，理解到位，條理清晰。特別是在非文學文本分析中，考生沒有僅停留在歌詞部分，還能針對 MV 的拍攝手法進行解讀，具有一定的文本分析的策略和技巧。

　　在內容組織方面，口試結構整體清晰，能夠結合內容通過多種手法引出全球性話題，段落結構也十分有效。但是，考生在結合作品集分析時，只分別舉出了另外一首詩和一個 MV，作品與作品集之間的平衡論述略顯不足。

　　考生的分析語言清晰準確，符合文本分析的語體特徵，規範且具有效力。美中不足的是，結尾的總結可以更加聚焦，同時可以針對這一全球性話題做一定的延伸討論，例如它在現實生活中的意義等。

七、模擬演練

全球性問題

❶ 物質主義對人的影響

❷ 拜金主義的社會影響

❸ 集體主義與個人主義

❹ 消費主義及其危害性

❺ 信仰、價值觀與人性

❻ 現代社會的道德觀念

觀點：

文學作品 / 節選

細節 1
細節 2
細節 3

非文學作品 / 節選

細節 1
細節 2
細節 3

文學作品 / 選集（BOW）

其他篇章 1
其他篇章 2

非文學作品 / 選集（BOW）

其他篇章 1
其他篇章 2

總結

（呼應開頭、聯繫全球性問題）

05 教育制度

探究領域 信念、價值觀和教育 | 教育制度

一、課題解讀

　　教育被視為人類進步的基石，與此相關的話題自古以來就層出不窮，大到國家的教育體制，小到家庭的教育方法。對於來自不同教育背景的人來說，教育對他們的作用也不盡相同，這使得關於教育的討論變得必要且多元，同時也讓 "好的教育" 成為人們普遍追求的目標。教育在文學作品和非文學作品中的呈現也多種多樣，其中不乏對教育制度的探討、對教育環境的思索、對教育方法的考量等等，這些內容共同組成了 "教育" 這一全球性話題。

二、文本說明

❶ 魯迅：《朝花夕拾》，人民文學出版社，2022 年版。

❷ 參見 https://www.bilibili.com/bangumi/play/ss26432?spm_id_from=333.337.0.0

1. 文學文本：《五猖會》，選自魯迅散文集《朝花夕拾》。❶

2. 非文學文本：英國紀錄片《中式學校》第一集《中英教學法的衝突》的兩分鐘片頭。❷

思維導圖

```
                    ┌─────────────────────────┐
                    │           GI            │
                    │  教育制度的不同如何對學生產生  │
                    │        不同的影響         │
                    └─────────────────────────┘
```

中國傳統的教育制度：
- 重視培養學生扎實的基本功
- 家長對孩子的教育寄予很大希望

西方教育制度下的學生：
- 無法接受中式教育的塑造
- 充滿獨立自主的意識和氣氛

文學文本：小說
魯迅《朝花夕拾》中的《五猖會》
《二十四孝圖》

非文學文本：紀錄片
英國 BBC 拍攝的《中式教育》
第一集《中英教學法的衝突》

三、結構提綱

	內容	討論要點
1	全球性問題	• 審視不同的教育體制能夠幫助我們理解其對人的影響，同時，在全球化的視野下，以歷史的視角審視我們當下的教育問題，有助於我們找到 "好的教育"。
2	文本介紹	• 魯迅的散文集《朝花夕拾》中的一篇《五猖會》，記述了作者年幼時需要先背書才能參加五猖會的一段經歷，表達了對封建強權教育扼殺孩童天性的批判。 • 由英國 BBC 拍攝、中國嗶哩嗶哩網站翻譯和上映的紀錄片《中式教育》第一集《中英教學法的衝突》的兩分鐘片頭，集中表現了英國某學校引入中式教學法之後的矛盾與衝突，以此反映中西方的教育差異。

	內容	討論要點
3	文學文本分析	• 作者魯迅首先使用了渲染和鋪墊的手法，通過多方面描述，寫出了兒時對迎神賽會的嚮往、期待、失望和不滿，以此反襯家庭教育對幼童情感需求的忽視。 • 作者通過對比前後心情，激發了讀者對其經歷的同情和對封建教育制度的不滿，進而引起人們對兒童教育的密切關注。 • 在《二十四孝圖》中，作者使用了夾敘夾議的手法，在記敘自己兒時閱讀《二十四孝圖》感受的同時，通過議論手法，深刻揭露了如"臥冰求鯉""老萊娛親""郭巨埋兒"等孝道故事對兒童心靈的摧殘。
4	非文學文本分析	• 作者使用了蒙太奇的剪輯手法，試圖引導觀眾在短短兩分鐘裏體會一場教育實驗，其中包括實驗過程中的挫折與矛盾。同時，在變換的畫面和場景中，表現出中方教師和英國學生之間多變的關係。 • 鏡頭的運用和配樂的安排，突出強調了中式教育在西方語境下所遇到的困難和挑戰，以此展示教育制度差異下的學生表現。 • 通過專訪式的鏡頭，記錄實驗中不同參與者的獨白，以此反映參與者的實際心理活動，從而帶動觀眾進入參與者的視角，感受他們對中式教育制度實施過程中所遇到的困難和挑戰的理解。
5	全球性問題總結與延伸	• 二者在表達這一全球性話題時各有側重。 • 教育制度對學生產生的影響需要更全面的視角。

四、範例點評

提出問題：
教育制度的差異會對學生造成不同的影響。

　　"教育"一直以來就是人們關心的話題之一，在文學和非文學文本中都有探討。我今天所選擇的全球性話題關於"信念、價值觀和教育"，所討論的問題是"教育制度的不同如何對學生產生不同的影響"。這個問題在我看來比較重要，因為作為教育體系下的一員，我認為教育對人的作用是巨大的，因此對不同的教育體制進行比較能夠幫助我們理解其對人的影響。

　　我所選擇的文本分別是魯迅的散文集《朝花夕拾》中的一篇《五猖會》，以及由英國 BBC 拍攝、中國嗶哩嗶哩網站翻譯和上映的紀錄片《中式教育》第一集《中英教學法的衝突》的兩分鐘片頭。《五猖會》記述了作者年幼時需要先背書才能參加五猖會的一段經歷，表達了對封建強權教育扼殺孩童天性的批判。《中式教育》則是讓五名中國老師在英國南部漢普郡的一所中學，實施四週中國式教學實驗的故事。所選片段則集合了第一集中較為重要的片段，展示了在英國引入中式教育方法的實驗，同時暗含著中西方文化的巨大差異對這一教學實驗的影響。

　　我先針對文學文本來探討我所要討論的全球性話題。

文本介紹：
簡單介紹兩個選段與這一全球性話題的關聯。

　　在這篇敘事性散文中，作者魯迅首先使用了渲染的手法，描述了兒時對迎神賽會的嚮往、期待、失望和不滿，第二部分一開始，作者就在渲染其對節日來臨的高興心情。從這裏我們可以看出，封建社會的孩童與其他時代的孩童一樣，都有對於新鮮事物的好奇心和求知慾。而這時，父親的出現，和那句"去拿你的書來"，則將之前渲染的氣氛打破，而背書這件事漸漸磨滅了孩童般的想象和對新鮮事物的興趣。由此可見，雖然背書只是作者生活中的尋常小事，卻反映出當時社會中家庭教育的體制。在這種體制下，以父親為代表的施教者，依據自己在家庭中的權威，對孩子發號施令，卻往往忽視了孩子的想法。這種教育體制並不僅存在於家庭之中，直至今日，我們依然能夠看到在學校裏，以教師為代表的權威者，用命令代替鼓勵，學生們也在潛移默化中逐漸喪失了對童真童趣的嚮往。

文學選段：
從散文的手法入手，結合文本內容，體現了家庭教育體制下孩子受到的限制。

　　而在態度方面，作者通過對比"我"的前後心情，激發了讀者對其經歷的同情和對封建教育制度的不滿，進而引起人們對兒童教育的密切關注。原本"我笑著跳著，催他們要搬得快"，背過書之後"我卻並沒有他們那麼高興"，作者通過孩童的視角，真實地表達了"背書"這件事磨滅了"我"的興致。再加上作者簡潔卻富有深意的語言，更能讓讀者了解被封建教育制度摧殘下的孩童所受到的心理傷害，結尾處"我至今一想起，還詫異我的父親何以要在那時候叫我來背書"，短短一句話裏，表達了作者對父親當時做法的不解，也加強了自己對於"背書"這種教育方法的深深厭惡。這些都能很好地聯繫到我所討論的全球性話題。這種封建強權制度教

通過前後對比的手法，呈現兒時作者對死記硬背的教育方式的憎惡，影射了對傳統教育制度和教育方法的不滿。

育下,死記硬背的方法無法真正讓孩童的內心變得充盈,相反,真正能夠讓孩童感受到快樂的東西也會被這種教育制度所磨滅,這是一件讓人心痛的事情。

在散文集《朝花夕拾》的其他篇目中,作者也探討了關於教育制度對個人影響的話題。例如在《二十四孝圖》中,作者通過夾敘夾議的手法,記敘了兒時閱讀《二十四孝圖》的感受,同時通過議論,深刻揭露了如"臥冰求鯉""老萊娛親""郭巨埋兒"等孝道故事對兒童心靈的摧殘。顯然,在封建社會教育體制中,被官方認可的兒童讀物作為教育的一部分,是為封建傳統思想而服務的,將"肉麻當作有趣","以不情為倫紀,誣衊了古人,教壞了後人"。反觀今日,我們也會看到教科書所承載的教化功能,這在一定程度上阻礙了孩童對真實世界的理解,這也深刻關切著我所探討的全球性話題。

下面,我要結合全球性話題對非文學文本進行探討。

首先,作者使用了蒙太奇的剪輯手法,將這一集所要講述的內容整合在兩分鐘的片頭內。作者分別讓五名教師進入學校,將學校開展的中式教育活動、學生接觸的中華文化表演中所產生的文化衝突等鏡頭,以一定的順序整合在一起,試圖引導觀眾在短短兩分鐘裏體會一場教育實驗,其中包括實驗過程中的挫折與矛盾。作者的蒙太奇剪輯手法似乎暗示了雄心勃勃的中方教師一定能讓英國學生在成績上有所飛躍,但是,從多處學生面部的特寫畫面可以看出,這種教育體制引起了英國學生強烈的不適。這也說明了教育體制具有地域化的特徵,當我們把某一種體制移植到其他地域,它就會對個體帶來巨大的挑戰,或許它在某一方面會帶來積極的變化,但也會遭受許多挫折。

在畫面的處理上,紀錄片的作者使用了便於聚焦的近鏡頭來捕捉課室的佈置、教師上課的狀態以及學生的反應。在配樂方面,配合蒙太奇的剪輯手法,作者運用了前後富有差異的交響樂來呈現真實紀錄中劇情的走向。激昂和嘹亮和音樂配合實驗的開始,一切都好像勢在必得,而之後,曲調變得低沉,似乎實驗進入到攻堅階段,畫面配合的是老師對學生的批評以及課堂上的混亂場面。配樂的安排調動了觀眾的情緒,在起伏變化的曲調中,觀眾能夠跟隨紀錄片的節奏產生相應的期待。作為片頭,這樣的剪輯、鏡頭和配樂,充分體現了中式教育體制的潛力及其對異國學生所帶來的衝擊。從中我們看到，中式教育體制中對於成績的關注、機械式記憶教學法的運用以及嚴苛的紀律管理，帶給英國學生的是被動的服從、疑惑和不解，這也讓學生最終變得反叛。這種敘事方式也讓我們看到這一紀錄片對中式教育深深的偏見。也許英國學校確實意識到了學生成績所代表的學生的學習能力在當下是急需解決的問題，但是，就像照搬中式教育體制只能治標不治本一樣，這樣的拍攝和剪輯手法是西方視角下對中式教育抱有偏見的審視，對中式教育的解讀有失公允。聯繫全球性話題，可以看到與學生文化不相適應的教育制度必然會對個體帶來衝擊和影響，如果希望一種教育體制發揮作用，那麼只有平等的、去除偏見的解讀才能給個體帶來積極的影響。

　　針對整部紀錄片的其他部分，我們不難發現，作者穿插使用了專訪式的鏡頭，例如第一集 5 分 20 秒處給出了中國教師楊軍對童年中式早操回憶的專訪式鏡頭，以及 25 分處英國學生琪拉對中式體育反饋的專訪式鏡頭，這些鏡頭聚焦記錄了實驗中不同參與者的獨白，以此真實反映了參與者的實際心理活動。這樣的處理手法一方面能夠帶動觀眾進入參與者的視角，感受他們對中式教育制度實施過程中所遇到的困難和挑戰的理解，一方面也激發觀眾設身處地地體會和思考這個實驗可能帶來的問題和可能性。作為教育體制的參與者，無論教師還是學生，我們都應該如受訪人物一樣，參與教育體制的實施與變革。這個紀錄片實際是一場實驗，中英師生都帶著實驗者的身份來反思教育體制的差異。而在現實生活中，尤其在真實的中式教育體制中，受教育的群體並沒有機會和平台去反饋教育問題。在這種封閉式的教育結構中，學生往往被動接受教育，同時無法產生反饋，久而久之會影響他們性格和想法的形成。

　　總體來說，兩個作品都涉及了教育體制對個體的影響，文學文本以散文的手法、回憶的敘述方式，呈現了作者真實的經歷。讀者能夠跨越時空，感受那個受社會思想影響的家庭教育體制對幼童心靈和想法的控制與摧殘。非文學文本則以紀錄片的拍攝、剪輯手法呈現了在西方視角下，將中式教育制度搬到西方課堂所產生的強烈的文化衝突。顯然，紀錄片並沒有觸及中式教育的內核，而只關注到了形式方面的問題，這一定會對英國學生群體產生影響。但是要想一種教育體制發揮優勢，就需要更為客觀的視角和持續的反饋。

提出西方價值觀中對中式教育的偏見，側面反映中式教育制度並沒有發揮作用。

整部作品：
從參與者的獨白來表明他們的感受，以此分析對中式教育制度提出的挑戰如何反映其弊端。

總結：
指出兩個文本各自的側重。可深入發掘這個話題，探索與教育相關的問題。

五、問答示例

Q₁ 文學文本似乎在討論封建制度下的家庭教育問題，在現代語境下，這一文本自身會不會具有一定的局限性？

A₁ 在作者魯迅兒時的那個時代，學校教育和家庭教育都具有封建社會的性質，而這種性質也同樣體現在我所選用的非文學文本中。在中式教育進入英國課堂的過程中，中式傳統教育的屬性就凸顯出來了。除了文學文本中所提到的"死記硬背"之外，作為教育者的家長和教師傾向於對學生進行控制，這就導致了封建體制下和現代中式教育制度下教育問題的相似性。相似的原因在於，傳統教育在內核上是一致的，也就是通過強權來控制學生的學習結果，教師和學生的關係是長與幼的關係。在魯迅的文本中，我們可以看到，傳統教育對幼小的魯迅內心造成了深遠的影響，死記硬背取代了童年的快樂生活。相比之下，在現代教育體制下，尤其是亞洲社會中，學生的業餘生活也都被學習填滿，毫無樂趣可言。綜上所述，文學文本的內容並不會有局限性。

Q₂ 你的非文學文本談到了蒙太奇的手法，因為蒙太奇手法常常依據作者的意圖對素材進行剪輯，這是否會讓受眾覺得這種手法具有強烈的主觀性？主觀性的手法在表現這個全球性話題的時候是否具有一定的偏見？

A₂ 可以肯定的是，蒙太奇是影視作品的核心手法。作者可以根據需要將不同的畫面按照一定的邏輯剪輯拼接在一起。在我的非文學文本中，你會看到作者有意將這個教育實驗過程的畫面按照實驗順序剪輯在一起，有起承轉合，讓觀眾產生強烈的探索慾。這種剪輯手法必然帶有主觀性，是作者向觀眾表達觀點的必要手段。比如在這個非文學作品中，作者將教育實驗所遭遇困難的畫面剪輯進去，看似呈現文化衝突，實際上，這些遭遇困難的畫面影響著觀眾對實驗成敗的評價。根據我所分析的內容，可以看出這個紀錄片實際上是希望觀眾帶著批判的眼光來看待這場教育實驗。這當然看起來是具有一定偏見的，也就是說紀錄片試圖用西方的視角來審視這場實驗。但是，在表達這個全球性話題方面，我覺得它的偏見可以忽視，或者說它更好地服務了我的全球性話題，因為我們需要審視不同視角下的教育現實，這正是不同語境下不同作者對於這個全球性話題的不同看法。另外，儘管經過了多種剪輯，但這個實驗是真實發生的。不論作者持有怎樣的觀點，在教育實驗中呈現的文化衝突，以及兩種文化下教育體制的差異是很明顯的。這也就驗證了我所要探討的話題。

Q₃ 這個全球性話題對當今時代有怎樣的意義？這兩個文本對你所認為的"好的教育"有哪些啟發？

A₃ 教育自古就有，對教育意義的探尋是古今聖賢孜孜以求的。教育制度需要配合政治、經濟、文化等制度，對人才的培養應該符合時代與社會需求。當今時代，東西方文化激烈碰撞，西方經濟強勢地帶動著教育制度的變革，以一種國際化視野培養學生獨立思考的能力。在這種宏觀敘事下，東方教育看起來是落後的。在我看來，這個全球性話題呈現了教育的差異性。當然，時代也在變化，世界面對的問題不是單一化的教育體制所能解決的，這就需要我們客觀地看待教育體制。這回應了第二個問題："好的教育"到底是怎樣的教育？中式教育有它自身的生命力，能夠彌補西式教育的不足。比如紀錄片中，中式教育下的理科在幫助學生獲得高分方面更具優勢。這正好彌補了英國的數理教育的不足。這就說明，每種教育體制都有一定的合理性。想要找到"好的教育"，必須要打破偏見，深入考察教育制度背後的政治、經濟、文化等因素，只有這樣，我們才能更好地判斷"好的教育"之所以"好"的內在標準。

六、綜合點評

考生話題的選擇具有一定的普適性，涵蓋了不同時代、不同地域的特殊性。其所選篇章符合題目要求，兩個文本在時代和地域方面也具有一定的差異性，對於這個話題的討論會更有效果。

考生的分析切中不同文體（散文與紀錄片）的特點，能夠結合全球性話題 —— 教育體系對個體的影響，將文本中所涉及的內容挖掘出來，並從不同的視角來呈現這一話題。從考生對於內容的組織，也能夠看出其對兩個文本分析的平衡把握。

　　表述準確，符合分析文本的語體特徵，同時也能夠採用專業術語，很好地呈現了非文學文本的特殊性。此外，關聯整本書的部分，可以在時間允許的情況下增加例子說明，這樣整篇論述會更有說服力。

七、模擬演練

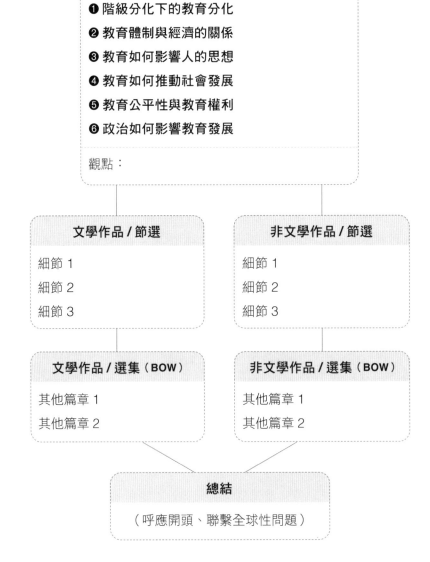

全球性問題

❶ 階級分化下的教育分化
❷ 教育體制與經濟的關係
❸ 教育如何影響人的思想
❹ 教育如何推動社會發展
❺ 教育公平性與教育權利
❻ 政治如何影響教育發展

觀點：

文學作品 / 節選

細節 1
細節 2
細節 3

非文學作品 / 節選

細節 1
細節 2
細節 3

文學作品 / 選集（BOW）

其他篇章 1
其他篇章 2

非文學作品 / 選集（BOW）

其他篇章 1
其他篇章 2

總結

（呼應開頭、聯繫全球性問題）

矛盾衝突

06

一、課題解讀

社會衝突的根源往往來自價值觀或意識形態層面的衝突。通常來說，社會管理者常常藉助道德規範、法律條規或是教育等手段，將有利於社會安定的價值觀植入普通個體身上，但在某種程度上會引發個人對這種價值觀植入的反感和抵抗，而人和社會的矛盾常常表現為社會價值觀對個人價值觀的壓迫以及個人價值觀對社會價值觀的挑戰。這種矛盾衝突在全世界普遍存在，它深深影響著每個人生活和存在的意義。古往今來，不論是文學作品還是非文學作品，諸多學者和作家都對信念、價值問題進行了深入細緻的探討。

二、文本說明

1. 文學文本：節選自阿爾貝·加繆中篇小說《局外人》。

即便是坐在被告席上，聽見大家談論自己也總是很有意思的。在檢察官和我的律師進行辯論的時候，我可以說，大家對我的談論是很多的，也許談我比談我的罪行還要多。不過，這些辯護詞果真有那麼大的區別嗎？律師舉起胳膊，說我有罪，但可以寬恕的地方。檢察官伸出雙手，宣告我的罪行，沒有可以寬恕的地方。但是，有一件事使我模模糊糊地感到尷尬。儘管我心裏不安，但有時我很想參加進去說幾句，但這時我的律師就對我說："別說話，這對您更有利。"可以這麼說，他們好像在處理這宗案子時把我撇在一邊。一切都在沒有我的干預下進行著。我的命運被決定，而根本不徵求我的意見。我不時地真想打斷他們，對他們說：“可說來說去，究竟誰是被告？被告也是很重要的。我也有話要說呀。”但是三思之後，我也沒有什麼好說的。再說，我應該承認，一個人對別人所感到的興趣持續的時間並不長。例如，檢察官的控訴很快就使我厭煩了。只有那些和全局無關的片言隻語，幾個手勢，或連珠炮般說出來的大段議論，還使我感到驚奇，或引起我的興趣。

如果我沒有理解錯的話，他的思想實質是我殺人是有預謀的。至少，他試圖證明這一點。正如他自己所說：“先生們，我將提出證據，我將提出雙重的證據。首先是光天化日之下的犯罪事實，然後是這個罪惡靈魂的心理向我提供的晦暗的啟示。”他概述了媽媽死後的一系列事實。他提出我的冷漠，不知道媽媽的歲數，第二天跟一個女人去游泳，看電影，還是費南代爾的片子，最後同瑪麗一起回去。那個時候，我是花了很長時間才明白他的話的，因為他說什麼“他的情婦”，而對我來說，情婦原來就是瑪麗。接著，他又談到了萊蒙的事情。我發現他觀察事物的方式倒不乏其清晰正確。他說的話還是可以接受的。我和萊蒙合謀寫信把他的情婦引出來，然後讓這個“道德可疑”的人去羞辱她。我在海灘上向萊蒙的仇人進行挑釁。萊蒙受了傷。我向他要來了手槍。我為了使用武器又一個人回去。我預謀打死阿拉伯人。我又等了一會兒。“為了保證事情幹得徹底”，我又沉著地、穩妥地、在某種程度上是經過深思熟慮地開了四槍。

2.非文學作品：電影《春風化雨》（*Dead Poets Society*）豆瓣影評（網名為“che”的影評文本）。❶

❶ 參見 https://movie.douban.com/review/1047453/，2023 年 6 月 19 日瀏覽。

GI
社會價值觀與個人價值觀的
衝突及影響

西方語境下的傳統價值觀：
- 個人價值觀無法被表達
- 個人價值觀受到嚴重削弱

東方語境下的集體主義：
- 個人的理想在社會現實中被同化
- 個人價值在於個人意義的實現

文學文本：小說
阿爾貝・加繆《局外人》

非文學文本：影評
電影《春風化雨》的豆瓣影評

三、結構提綱

	內容	討論要點
1	全球性問題	• 多元價值觀的傳播不斷影響和塑造著個人價值觀，在這個過程中，個人價值觀又與特定社會的集體價值觀產生了激烈的衝突。
2	文本介紹	• 《局外人》選段主要講述了小說主人公莫爾索在法庭受審時的所見所感，表現了一個以檢察官為代表的集體意識對身為被告的主人公的個人意識的強行推理和肆意揣測。 • 豆瓣中有關《春風化雨》的影評合集是針對電影《春風化雨》而做的介紹和評價，選篇中，作者的影評探求了如何在東方語境下的現實社會中保留個人價值，以此展現這一傳統議題更廣的詮釋空間。

	內容	討論要點
3	文學文本分析	• 作者沿用這部小說的第一人稱視角,以冷峻且略帶諷刺的語氣,表現主人公眼中的司法審判過程中荒誕性的細節,以此批判以司法體系為首的社會價值觀對個人價值觀的壓迫。 • 作者以第一人稱視角,記述了莫爾索眼中關於檢察官指控的荒誕邏輯,以此展示檢察官作為一個社會價值觀的代言者,如何堂而皇之地避開被告的真實想法,從極富道德審判的角度串聯起被告的犯案意圖,進而對被告進行定罪。 • 在選篇結尾,作者使用這種不動聲色而又頗具內力的語調,展現了一個對一切漠然的"荒謬的人"。 • 荒誕是社會價值觀念的集中表現,對個人價值觀念的忽視則體現了更為荒誕的現實,小說中這種荒謬的表達無一例外地揭露了個人意識被荒謬化的結局。
4	非文學文本分析	• 這篇影評通過引用美國詩人沃爾特·惠特曼的詩句,來表達集體主義環境之下個人價值實現的意義。 • 網名為"南橋"的網友評論以對比的方式,將電影內容與中國當下的現實社會相結合,以此凸顯個人價值面臨的社會困境。 • 網名為"tt"網友的評論則通過個人實例,從教育的角度闡釋東西方的教育差異,以此表明個人價值的實現與個人意識緊密相關。
5	全球性問題總結與延伸	• 這兩個文本從不同的方面呈現了所探討的全球性話題,《局外人》選段展示了一個荒誕角色對荒誕社會的控訴,而《春風化雨》的影評則從評論者個人視角闡述個人價值的實現所面對的困境和挑戰,從而引人思考。 • 無論是何種文本類型,我們對價值觀的探討是永無止境的,我們應該從現象中找到價值觀衝突的本質,進而更好地解釋和解決實際問題。

四、範例點評

老師您好，我今天要跟您談的全球性話題是：信念、價值觀和教育。具體要談論的問題是：集體價值觀與個人價值觀的衝突及影響 。我之所以選擇這個話題，主要原因是個人價值觀與特定社會的集體價值觀會產生激烈的衝突，這會潛移默化地影響個體的主觀感受，甚至導致個人權利的喪失和個人命運的改變。我選擇的文學文本是法國作家阿爾貝·加繆的中篇小說《局外人》，非文學文本來自豆瓣網站上關於《春風化雨》的影評集合。小說《局外人》主要通過塑造莫爾索這一"局外人"形象，揭示了世界的荒謬性及人與社會的對立狀態。選段來自小說第二部分的第四節，主要講述的是小說主人公莫爾索在法庭受審時的所見所感，表現了以檢察官為代表的集體意識對身為被告的主人公的個人意識的強行推理和肆意揣測。而非文學作品 —— 豆瓣網上的《春風化雨》影評合集是針對電影《春風化雨》而做的介紹和評價，其中大多數影評都是通過個人的視角，集合個人的經歷，將電影中個人價值觀的實現與東方語境相結合，從而說明如何在社會集體的影響下實現個人價值。

針對文學文本選段，我認為作者從以下幾個方面探討了全球性話題。

首先，在選篇中，作者沿用了這部小說的第一人稱視角，以冷峻且略帶諷刺的語氣，表現主人公眼中的司法審判過程中荒誕性的細節，以此批判以司法體系為首的社會價值觀對個人價值觀的壓迫。在選篇開頭，莫爾索認為坐在被告席上聽大家討論自己是一件"有意思的"事情，而這些討論比他所知道的自己的"罪行"還多。而在其後，作者不止一次地想要參與到案件的討論中，卻被自己的律師勸告"別說話"。這些在莫爾索看來無不漠視了他作為"被告"的存在。即便他想參與其中，也被嚴格的司法審判制度所否定，這種對立讓讀者意識到造成莫爾索冷漠性格的真相其實來自那個更加冷漠的社會。這正契合我所要討論的全球性話題，即便作為負面形象存在，個體的價值觀也應該被關照，並予以同等對待。反之，對個體的冷漠和忽視，會造成個體價值觀無法進行表達，同時會對個體造成深遠的影響。

其次，作者以第一人稱視角，記述了莫爾索眼中關於檢察官指控的荒誕邏輯，由此展現個體價值觀被無視的現象。在莫爾索口中，檢察官將其殺人之前的種種事件串接在一起，試圖表明是他的冷漠最終導致殺人案件的發生。而這樣的審判定論卻充滿疑點，如"為了保證""沉著""穩妥"等詞回應了"他的思想實質是我殺人是有預謀的"，這反映出檢察官在無視被告同時又欠缺事實依據的情況下對被告殺人動機的無端揣測。這與我所討論的全球性話題緊密相關。出於道德或倫理等因素，社會價值觀往往充當著審判官的角色，而不合邏輯的定論削弱著個體的價值觀，同時讓其在無形中喪失辯解的能力。

　　除了選段之外，整部小說中也有關於這一全球性話題其他例子的探討。比如在小說結尾，主人公說道："我還希望處決我的那一天有很多人來看，對我發出仇恨的喊叫聲。"面對自己的死刑判決，"希望"本就是一種絕望，而"對我發出仇恨的喊叫聲"似乎在與全世界為敵，作為"希望"的一部分，這深刻表明了莫爾索對於人世冷漠的體察，並以這種荒誕的"希望"表達他對荒誕的嘲諷，作者使用這種不動聲色而又頗具內力的語調，活現了一個驚世駭俗、對一切漠然的"荒謬的人"。而從他的話中，我們能夠看到更多的同類，乃至一個階層或整個社會的荒誕。而那些與殺人無關的事情，最後卻把莫爾索送上了斷頭台，這讓莫爾索看到了世界的荒誕性。在荒誕的社會中，人是沒有發言權的，也是不被重視的。荒誕是社會價值觀念的集中表現，對個人價值觀念的忽視則體現了更為荒誕的現實，小說中這種荒謬的表達無一例外地揭露了個人意識被荒謬化的結局。

　　接下來，我們針對非文學文本進行討論。

　　首先，"che"的影評以更具個性化的思考，將美國電影《春風化雨》的主題引向東方語境下個人價值的實現，這直接關聯了我所探討的全球性話題。作者以"我""我們"的第一人稱視角，將對電影內容的反思引向中國語境："有人說我們是缺少信仰、理想和激情的迷茫的一代"，"從小學、中學到大學關心的只是一味地讀好書、做個大人看來引以為豪的孩子"……這些作者的個人思考將東方語境下個人價值的塑造方式開門見山地點明，而後他又說："生活的意義是什麼？……對於普通的我來說……"這些富有個性化的反思能讓受眾從個人視角了解影評者觀影後的深刻反思，這恰恰是電影《春風化雨》想要達成的效果，即打開觀影者個人的思考之門，對個人價值進行反思。在現實中，個人反思的缺乏是長期個人價值的缺失導致的，而個人價值的缺失往往來自社會集體意識的長期影響。

其次，影評者"che"通過引用美國詩人惠特曼的詩句，來表達對電影內容的共鳴，以此凸顯在東方語境下對於個人價值實現的強烈期望，客觀反映出了個人意識與集體意識的矛盾。作者引用了"我步入叢林，因為我希望生活得有意義，我希望活得深刻"的詩句，用"叢林"作為具有集體意識社會的隱喻，而"活得深刻"則清楚地指示了作者希望個人意識能夠得到認可，個人價值能夠得到實現。緊接著，作者進一步反思"我想之所以選擇它，是為了告誡，提示我們生活中最基本的東西，比如夢想、激情、血性和責任"。顯然，在作者看來，那些個人生命中最真實的個人品質，在集體意識的社會會被遺忘。通過引用詩句，再配合電影的內容，影評者將個人意識所面對的社會困境意境潛移默化地表達了出來。

除了這篇影評，我們也看到了網名為"南橋"的影評者。"南橋"通過對比的方式將電影內容與現實語境相結合，以此說明個人意識與集體意識的關係。"考試上名校做醫生賺大錢娶美女，並非中國學生的專利"，這直接將電影內容與中國語境相對比，實際上，"尼爾的父親也和一個普通中國家長一樣"，這能讓觀影者直接將電影主題與中國現實相結合。這告訴我們，個人意識一直以來都受到家庭、學校、社會等集體的束縛和壓抑，客觀說明了無論東方還是西方，集體都會對個人意識進行塑造。另外，網名為"tt"的影評者則分享了個人經歷，在與美國回來的北大學生的對話中，說明個人價值的實現所具有的差異。在他看來，"美國的大學生，畢業之後大都明確自己的人生目標；而中國的學生畢業之後都不知道自己能做什麼"。這些分享來自對電影內容的聯繫和反思。相比之下，西方社會更強調個人意識的形成，這客觀反映了東方語境下個人意識的邊緣化。

總體來說，兩個文本從不同方面呈現了我所探討的全球性話題。《局外人》選段展示了一個荒誕角色對荒誕社會的控訴，而《春風化雨》的影評則從內容和表現手法方面評價了這部具有價值觀衝突的電影所給予人們的思考。無論是何種文本類型，我們對價值觀的探討是永無止境的，我們應該從現象中找到價值觀衝突的本質，進而更好地解釋和解決實際問題。

影評以引用的方式來表達作者對於表達個人意識的期望，以此反襯個人意識受到的阻力。

整部作品：
從另一影評者的文本入手，說明真實語境的情況。

總結：
指出兩個文本各自的重點，並擴展了該話題的意義範圍。

五、問答示例

Q₁ 你在文學文本分析中多次強調第一人稱視角，小說在對這一全球性話題的討論中，除了這個手法之外，還有沒有比較明顯的、典型的手法？

A₁ 其實除了我所提到的手法之外，這部小說有幾個很明顯的特徵。第一就是它的書名《局外人》，原著法文的意思是"陌生人"，中譯本翻譯成"局外人"，我想是加入了譯者的文化考量。在中文語境下，"當局者迷，旁觀者清"，主人公莫爾索是這個"社會之局"以外的旁觀者，他深刻地知曉當局者的問題。局外人既是陌生人，又是旁觀者，因此譯者將這個文本所要表現的主題做了中文語境的本土化處理，在我看來這是譯者翻譯手法的呈現。另外，在文本中，作者不止一次地使用"陽光"這一意象，而與傳統中對於陽光的正面看法不同，作者加繆往往在主人公感到不舒服的時候加入陽光這一意象，讓主人公感覺更加難受。其實，通讀整部小說可以知道，陽光是這個社會普遍價值觀念的隱喻，是傳統的道德倫理，它強烈地刺激著主人公莫爾索，同時又深深籠罩在他的身上，這便應和了我所探討的全球性話題。

Q₂ 關於非文學文本，為何你選擇的是《春風化雨》的豆瓣影評合集，而不是電影本身？在你看來，這個影評集是否能夠算作整部作品集？

A₂ 其實我一開始想要分析《春風化雨》這部電影本身，但是在我看來，已經有很多關於這部電影的評價和分析了。儘管它很符合我所探討的全球性話題，但電影手法所呈現的主題同樣具有很大的可解讀性。對電影的解讀因人而異，這就讓我想到，影評是不是可以作為反映不同觀者對電影評價的真實文本來源。當我發現豆瓣影評的時候，我看到那裏的評論篇幅都比較長，可以作為分析選文的內容，並且在這樣一個開放的場域，很多人都站在不同的視角來評價同一部作品，這能為我提供關於這一全球性話題的更多的視角。至於是否可以作為整部作品集，我的考量是，豆瓣評論區的評論者並不都是專業的，也就意味著這不是一個正式的影評專欄，這時候考慮的更多的是這個電影本身所帶起的討論和影響，這個語境是共同的。在共同的語境下，我們可以把相關評論納入與這個作品相關的評論集子中，本質上是對這個電影作品的二次創作，只不過這種創作來自受眾，是這部作品集聚了受眾和作者，讓他們成為一個共同體，所以在我看來，可以算作整部作品集。

Q₃ 在你看來，哪個文本對於這一全球性話題的討論更有啟發意義？

A₃ 我想是非文學文本。《局外人》所探討的核心聚焦於存在主義，它很荒誕，但是不可迴避，只是在現代人來看，半個多世紀前的這部作品深刻反映了整個世界在二戰的毀滅下關於存在合理性的討論。它有深刻的社會背景，當然也觸及了我所探討的全球性話題，只是失去了對那個時代有直接感觸的經驗。因此，在結合全球性話題進行思考時總有一種隔閡。而非文學文本的評論內容與我們息息相關，評論的形式也為我們所熟知，因此能夠更直接地為我們帶來啟發。另外，其實關於社會價值觀對個人價值觀的影響，單從影片本身來看確實具有一定的指向性，容易讓我們只看到它所要表達的負面影響，但是影評部分我們看到的是多方面的評價，它不只是迎合作品，同時也有否定作品所提出的問題，這更符合我們IB課程所提倡的批判性思維。因此，從這些方面來看，我覺得非文學作品更具有啟發性。

六、綜合點評

　　考生的文學作品選擇的是《局外人》。這是一部深刻的關於存在主義的作品，能夠從這樣的文本中探討出社會價值觀對個人價值觀的影響，可以看出考生的理解能力。而非文學文本，考生則另闢蹊徑，選擇了關於《春風化雨》的豆瓣影評合集，從中可以看出考生具有一定的文本選擇的能力。不管是文學文本還是非文學文本，考生都能夠很好地結合全球性話題進行討論，具備較好的分析能力。

在內容組織方面，考生能夠很好地平衡兩個文本的討論篇幅，同時，整部作品集方面的分析也有一定的選擇性，考生選擇的是影評帖子的回應，如果能選擇合集中其他較為完整的影評文章作為支持文本，則效果更佳。在提問環節，考生表現出較好的批判性思維，回答也切中要點，能夠對答如流。

總體來看，考生的全球性話題可以更具有普遍性，所謂社會價值觀和個人價值觀在兩個文本中很難指向確定的內容，如果換成集體主義對個人的影響可能會更具有概括性，在分析過程中更能體現考生的理解力。

七、模擬演練

全球性問題

❶ 集體主義與個人主義的衝突

❷ 現代語境下的傳統價值觀念

❸ 傳統價值觀念下的個人主義

❹ 殖民主義之下的本土價值觀

❺ 移民與移民地域價值觀差異

❻ 代際矛盾與價值觀念的衝突

觀點：

文學作品／節選

細節 1

細節 2

細節 3

非文學作品／節選

細節 1

細節 2

細節 3

文學作品／選集（BOW）

其他篇章 1

其他篇章 2

非文學作品／選集（BOW）

其他篇章 1

其他篇章 2

總結

（呼應開頭、聯繫全球性問題）

第三章
政治、權力和公平正義

07

等級差異

探究領域 政治、權力和公平正義｜等級差異

一、課題解讀

　　社會生活中，經濟和社會地位的差異形成了不同的社會等級。換言之，社會等級是對具有相同或相似的經濟水平和社會身份的社會群體的總稱。具體來說，政治地位的差異、資源佔有的多寡，以及經濟的貧富分化，都決定了一個人的社會階層。社會等級是普遍存在的，它同時具有流動性與穩定性，即一個人的社會階層並不是固定不變的，它可以通過自身境遇和外界環境的作用而發生改變。然而，就社會發展來說，較為穩定的等級結構是穩定的社會經濟的產物，也是保證社會穩定的關鍵。

二、文本說明

❶❷ 參見下方二維碼：

1. 文學文本：節選自意大利劇作家達里奧・福的劇本《一個無政府主義者的意外死亡》。❶

> 　　女記者：很奇怪，您也不知道！無政府主義者提到的三位退休人員曾出具證明，在爆炸案發生的那個可悲的下午，他們和無政府主義者一起在運河邊一家小酒店打牌，而我們這位法官宣佈，他們的證明不可靠。
> 　　……

2. 非文學文本：韓國電影《寄生蟲》節選片段（58 分 46 秒至 1 小時 02 分 41 秒電影畫面和對白）。❷

　　角色1：除了我們演技好之外，這一家人是真的很好騙吧？尤其是太太。

　　角色2：沒錯沒錯。太太人很單純又善良，有錢卻很善良。

　　……

思維導圖

```
                    GI
          階層分化對底層人群的影響

西方政治體制下的階級分化：        東方政治體制下的階級分化：
• 工人階級受到資產階級的壓榨      • 部分底層家庭過著落魄的生活
• 底層工人階級生活窮困潦倒        • 底層群體逾越階層變得困難


文學文本：戲劇                  非文學文本：電影
達里奧·福《一個無政府主義者的     韓國電影《寄生蟲》文本
意外死亡》
```

三、結構提綱

	內容	討論要點
1	全球性問題	• 社會底層人群的慘淡生活處境，讓我們看到階層分化對底層人群的影響。

	內容	討論要點
2	文本介紹	• 劇本《一個無政府主義者的意外死亡》以真實事件為藍本進行創作，利用荒誕的戲劇表現形式，讓觀眾真切地探究社會存在的階級差異問題。 • 電影《寄生蟲》中"蟲"的象徵手法，是對韓國一家人如寄生蟲般依賴富人階層生活的藝術化表現，揭開了社會底層不堪的生存狀態和階層固化所帶來的問題。
3	文學文本分析	• 簡述選段內容，從瘋子個性化的對白中，提煉出富有情緒的語言，反映出由階級分化帶來的工人階級退休生活的破敗面貌。 • 劇本中，作者使用戲劇衝突的方式，進一步揭露了統治階級政府的問題，同時加深了讀者對社會存在的階級差異問題的理解。
4	非文學文本分析	• 作者利用"寄生蟲"這一意象，以韓國社會中兩個階級差距巨大的家庭為對象，向觀眾描述了一個階層固化的社會現實，以此批判它所帶來的問題。選段中的台詞部分，"蟑螂"的意象和誇張的語氣都讓這個對話傳達出底層人強烈的卑微感。人物語言的粗俗及其鏡頭下的舉止暗含了底層階級教育的缺乏。 • 影片中對不同階層居住環境的特寫暗含了階層分化所帶來的影響。
5	全球性問題總結與延伸	• 兩個文本所討論的社會階層分化的問題，都源於社會結構本身，但在表現手法上略有差異。

四、範例點評

在社會繁華、富裕的表象下，還有被忽視的底層人群。隨著社會的發展，社會階級的分化和差異也在增強，而底層人群單憑努力很難改變自己的命運。處於社會底層的人，自始至終都只能透過一層玻璃天花板向上仰望。我今天所要討論的全球性問題就是階層分化對底層人群的影響。我將

提出問題：
從全球性問題入手，探討貧富差距之下弱勢群體所受到的影響，進而聯繫兩個文本。

分別分析意大利劇作家達里奧·福的劇本《一個無政府主義者的意外死亡》和韓國電影《寄生蟲》，並結合全球性問題進一步探討。

在劇本《一個無政府主義者的意外死亡》中，劇作家達里奧·福以當時社會上發生的無政府主義者在警察局意外死亡事件為故事背景，通過超現實的戲劇表現手法，為觀眾呈現了一個腐敗的制度和政府。選段聚焦在假扮上尉的瘋子與女記者的對話上，這段對話針對退休老工人這個群體不被社會重視的事實，展示了一個社會中存在的階級差異及其帶來的影響。

首先，在選段中，作者使用了富有個性化的對白呈現瘋子和女記者關於退休老工人和階級論的觀點，這些觀點與我所探討的全球性問題直接相關。選段中有多處的反問句，如"怎麼能說他錯了呢？""是老工人，能夠具備哪怕一點兒心理素質？""您可知道老工人意味著什麼？"通過反問，作者表達了對法官否決老工人證詞這一事實的不滿。在這裏，退休的老工人們所代表的群體是被資本主義拋棄了的底層階級。與此同時，作者使用了比喻手法，將這些退休工人比作"擠乾汁液的檸檬""幽靈""抹布"，以此說明他們一直是被壓迫的階級，以至於退休以後不被任何人重視。這也側面反映了作者所要揭示的當時社會存在的階級差異的問題。作者借瘋子之口與代表社會輿情的女記者進行的對話，更能在看似荒謬的劇情設定之下加強對這個問題的表現效果，以一種荒誕的身份揭示這種社會等級差異的問題，更能顯示這個問題的荒誕性。

接著，在選篇中，作者又借瘋子之口，將社會存在的問題和階級壓迫間接地表達出來。在瘋子口中，退休工人淪落到這般境地實屬"社會的罪責"，但他又不想在這裏"審判資本主義和老闆們"。此時瘋子假扮成上尉，是與警察、法官同屬一個戰線的一分子，作者安排他在身份轉變時說出此話，充滿了反語色彩，作者想要表明這些老人的境遇就是資本主義和老闆們對其剝削造成的，是應該被審判的。結尾處，作者更是假借瘋子之口暴露出社會存在的階級差異，就連證人也分為"頭等、二等、三等和四等"。這些無不跟我討論的全球性話題相關聯。社會中的等級差異已經在無形中讓人們失去了信心，正是因為等級差異造成了階級分化，人們無從找出"相反的觀點"，也就是一種合理的出路。

在這部兩幕劇中，作者也在其他部分探討了社會存在的等級差異問

文學選段：
從對文學文本的介紹入手，闡述了《一個無政府主義者的意外死亡》的主題，同時不忘聚焦於選段內容。

從戲劇中具有個性化的對白對其中資本主義對工人階級的壓榨進行了說明。

"瘋子"的人物形象在文本中的作用更多是諷刺、反諷，考生抓住了這樣的特徵，並結合內容說明了選段如何表現階級差異對人的影響。

題。在第一幕的開始部分，當瘋子被抓後，他歷數自己擁有過的身份，並且遺憾自己沒有法官身份的時候，作者使用了大段對白，效果上更像是瘋子的內心獨白，側面展示了意大利階級差異明顯的社會面貌。作者對比了法官和工人階級的差異，"掌握著隨時以他們喜歡的方式毀滅或者拯救某個人的權力"是屬於上層階級的法官的權力，而工人階級則會被工廠剝削。這與我的全球性問題直接相關，在這種具有階級差異的社會，人們可行使的權力不同，社會待遇也更不相同。

這個劇本的線索是調查無政府主義者意外死亡的原因。作者雖然沒有給出無政府主義者死亡的真正原因，但是，他利用戲劇衝突，加強了以不同身份亮相的瘋子對政治系統的質問和挑戰，在一種看似喜劇的戲劇效果中，讓其他社會公共權力的執行者們主動暴露虛偽和謊言，最終暗示無政府主義者死亡的真正原因就是來自統治階級的謀害。這種反傳統的戲劇表現方式讓整個劇本的內容呈現關聯到了我所探討的全球性問題，在等級差異較大的社會，被統治階級常常會受到統治階級無處不在的威脅，這是階級差異不可迴避的問題之一。

我的非文學文本也同樣討論到了社會階層這個問題。韓國電影《寄生蟲》描述了來自社會兩極的兩個不同家庭的命運交集，以此來批判韓國社會的階層分化現象。而我所節選的片段是這部電影中的一部分。之所以選擇這一部分，是因為它迎來了劇情的一個巨大轉折，刻畫了窮人家庭通過努力爬上社會頂層的一種假象，以此來批判社會階層的不平等。作者在電影中通過"蟲子"的意象，反映了底層人在社會裏的形象。在節選中，金爸爸被金媽媽形容為會像蟑螂一樣逃走的人。我們知道蟑螂是害蟲，牠與"噁心""骯髒"等詞同義，這種象徵手法深刻表明了社會中底層人民低賤的地位和寄人籬下的生活狀態。不僅如此，在同一個句子中，"躲"字反映了社會底層人民在社會中弱小、無助的形象，而這個弱小、無助的父親"砸杯子"的過激反應又深刻地突出了他內心的自卑。同時，金父對金母所說的台詞中，他誇張的語氣則增強了台詞本身的意義，凸顯出了一個社會中這種普遍存在的歧視對一個父親自尊的踐踏。

不僅如此，作者還運用了場景的設定和角色的言行舉止之間的反差，來凸顯社會階層對底層人精神和人格的影響。首先，在圖一中，我們可以

整部作品：
從整本書中的其他篇章繼續探討這一全球性問題，考生能夠做到點到為止，而不是面面俱到。

非文學選段：
對文本做了簡短介紹，可以放在結構提綱中的第二個部分。

考生抓住"蟲子"這個意象，結合象徵手法解讀底層人物的生存狀況。同時，考生捕捉到對話中的誇張語氣，進而聯繫到社會歧視的普遍性的話題。

看到金家人坐在地板上粗魯地交談，夾雜著"靠，你死定了""去你的"等粗俗的語句，眼前是亂糟糟的桌子。而圖二中，金媽媽推狗的一個小動作，更是凸顯了這一家人素質和善意的缺乏。在這裏，近景的運用更是放大了金家人一家的粗鄙本質。與此相反，豪宅的整個場景中，平滑的木桌和現代風格的家具，使金家人的存在有一種違和感，讓他們顯得格格不入，而這種違和感十分巧妙地暗示了這家人在心理和人格上的缺陷。因為貧窮，他們沒有能力選擇付出和學會善良，他們沒有能力去關照更多的生活細節。而在這個片段的結尾，金家的女兒在沙發上驚歎自己吃的食物一直以來都是狗糧，進一步諷刺了不同階層之間貧富差異的懸殊，並暗指底層人的生存狀態與動物無異，失去了真正的人格。

從整個文本來看，作者在很多其他的地方也處理了社會階層的問題。比如，作者通過"氣味"這個線索，反映了社會階層生活狀態分化不斷加大的趨勢。普會長對金司機有一個描述，他說道："金司機身上有煮抹布的那種味道，並且，就是坐地鐵時會聞到的那種味道。"從中我們可以看出普家人社會地位之高，就連坐地鐵的普通人都和金司機這樣的窮人劃分為一類，反映了階層上端與底端之間的巨大差距。而在文本的結尾，普會長聞到窮人的氣味，他扭頭、轉身和捏鼻子的特寫和這組慢動作，更是凸顯出了上層人群對底層人群的偏見和歧視，預示了這種鄙視所帶來的階層矛盾和衝突將一觸即發。

整個文本中，作者還通過對不同階層居住環境的特寫，呈現了一個不公平的社會環境。影片聚焦一場大雨，大雨過後，住在地下室的金家家裏浸滿了水，陰暗的燈光、烏黑的污水凸顯出大雨給金家帶來的肉眼可見的巨大衝擊；而住在山頂的普家則沒有受到任何影響，反而讚歎道：今天的天超級藍，多虧昨天下了大雨。同樣是下大雨，但卻只影響到了窮人。如果兩家地理位置的差距反映的正是他們階層之間的距離，那麼這場大雨則反映的是一個看似公平卻實際上並不公平的社會環境。

總體來說，兩個文本所討論的社會階層分化的問題都源於社會結構本身，權力和機遇都掌握在少數有錢人手上，而窮人則因為身處社會底層，沒有機遇和能力去改變自己的命運。實際上，在現今社會中，寒門再難出貴子。

考生通過表現手法來探討文本主題的呈現，探討了影片選段的影像內容，這是非文學文本分析中針對影視劇作品不可缺少的。

整部作品：
在整個文本的分析中，考生抓住貫穿全篇的"氣味"進行深入探討，這加深了文本分析的深度。

整部作品的分析加入了作者對環境因素的刻畫，也突出"特寫"這一手法在影視作品中的運用。
這個部分可以再對全球性問題補充更多的評價。

總結：
點到為止，回到全球性問題的總結。
考生可對兩篇文本在表現手法上的差異進行多一些的比較。

五、問答示例

Q1 剛才你所談的這兩個文本都是社會階層分化的問題，那麼你認為這兩個文本的作者對於底層人民的態度是相同的，還是不同的？

A1 我覺得雖然兩位作者都看到了底層人民生活的悲慘狀態，但是從達里奧·福那裏，我們可以看到他對於退休工人群體的關切，和對社會制度和統治階級的厭惡和諷刺。而在電影中，作者不僅反映了窮苦的生活狀態，也反映了他們想通過自己的努力改變社會、改變自己的位置，所以說他十分認同窮人是應該被支持的，我們應該改變窮人所處的環境。

Q2 你認為作為非文學文本的這部電影，它的片名《寄生蟲》有沒有貶義呢？片名是將底層人群比喻為寄生蟲嗎？

A2 我覺得他所說的"寄生蟲"，不僅反映了窮人寄生於富人的狀態，更反映了整體的社會階層對不同人群性格上的影響。他們之所以是寄生蟲，是因為他們本來就已經處在沒有其他方法生存的狀態，只能通過寄生苟延殘喘下去。剛才我提到，作者用了蟲子的意象，我覺得它反映的更多是在大家眼中的窮人形象，從而引起觀眾的反思。因為觀眾聽到"窮人像蟲子一樣的"這種描述，就會反思自己平時對待窮人的態度。對窮人的偏見和鄙視，是在所有人身上都看得見的，所以說"寄生蟲"更多地反映了社會對窮人的看法，而不是他自己本身對窮人的一種憎恨，我覺得應該是這樣的。

Q3 好，那你剛才說到在文學文本中，達里奧·福對這些底層人民，特別對退休老工人是一種深切的關注，對統治階級帶有諷刺和批判意味，那麼在電影當中呢？你說的導演和編劇，他們都毫不掩飾地將底層人的一些缺陷或者醜態表現了出來。你認為哪一種形式對於這個問題的表現更為徹底或者更為深刻呢？

A3 我覺得《寄生蟲》在我眼裏是更加深刻的文本，因為它沒有掩蓋任何窮人的生活狀態。這個文本把窮人平時所要做的骯髒的事，甚至是非法的行為都毫不保留地、深刻地展現在了讀者面前。而這種十分真實的社會寫照更能引起讀者自身的反思，反思造成窮人身上劣根性的原因和我們平時對窮人的這種偏見是否正確。而在達里奧・福的這個劇本中，表現手法更加戲謔化，對於階級差異的表達更隱晦，沒有像《寄生蟲》中探討得這麼深刻。這個問題不僅需要我們關切底層群體，更需要我們更加真實地看到整個場景，讓我們更加真實地看到階層分化的真實面目，所以我覺得《寄生蟲》在這個方面表現得更加好。

 # 六、綜合點評

在規定時間內，此篇口頭表達將其討論的全球性問題 —— 階級分化對底層人群的影響，做了透徹而深刻的剖析，指出了這一全球性問題產生的社會根源，並在結尾處得出了"寒門再難出貴子"的結論，殘忍地揭示了這一課題的嚴峻性。這個全球性問題不是我們一朝一夕能夠解決的，也不是在"人人平等"或"機會平等"的口號裏就能結束的。考生以文學文本《一個無政府主義者的意外死亡》與非文學文本影片《寄生蟲》為討論材料，透過文本的字面情節，揭示了這一問題的實質，可見考生對文本內容有著深刻的理解，並聚焦全球性問題，做了有意義且有說服力的闡述。

在表達組織方面，考生很好地平衡了文學文本與非文學文本、節選與整部作品的比重。由於時間關係，這篇口頭表達的結尾處略微匆忙，沒有結合兩個文本做歸納性總結。但所幸，考生最後一句話揭示了這個全球性問題可能對社會和諧發展帶來的隱患，給人留下了深刻的印象。考生整個口試過程語言流暢、準確且富有變化，分析語言更超越了口語的隨意性與含糊性，達到了書面語言的準確和細緻。

在師生討論部分，考生的回答充分說明了其對兩個文本在表現全球性問題方面的獨特性。考生不僅能夠清楚地說明文本作者對此全球性問題的態度，而且還能比較兩個文本在反映全球性問題方面的優劣高下，與前面口語表述的內容相呼應，並深化了自己的觀點。

全球性問題

❶ 資源分配與公平正義

❷ 權力濫用導致的不平等

❸ 公平正義所遇到的挑戰

❹ 社會體制與貧富差異

❺ 等級差異的社會根源

❻ 階層矛盾對社會穩定的影響

觀點：

文學作品／節選

細節 1

細節 2

細節 3

非文學作品／節選

細節 1

細節 2

細節 3

文學作品／選集（BOW）

其他篇章 1

其他篇章 2

非文學作品／選集（BOW）

其他篇章 1

其他篇章 2

總結

（呼應開頭、聯繫全球性問題）

追求人權

08

探究領域 政治、權力和公平正義｜追求人權

一、課題解讀

　　人權議題是聯合國列出的眾多全球性議題中尤為重要的一個。在聯合國網站上，關於"人權"定義和描述是："人權是所有人與生俱有的權利，它不分種族、性別、國籍、族裔、語言、宗教或任何其他身份地位。人權包括生命和自由的權利、不受奴役和酷刑的權利、意見和言論自由的權利、獲得工作和教育的權利以及其他更多權利。人人有權不受歧視地享受這些權利。"❶ 在眾多文學和非文學作品中，不乏有對社會階級、群體、個人人權缺失的描繪和記述，以此來呼籲世人對此全球性問題的關注。

❶ 參見 https://www.un.org/zh/global-issues/human-rights，2023 年 2 月 14 日瀏覽。

二、文本說明

1. 文學文本：《活著》第八章節選。❷

> 　　抽一點血就抽一點，醫院裏的人為了救縣長女人的命，一抽上我兒子的血就不停了。抽著抽著有慶的臉就白了，他還硬挺著不說，後來連嘴唇也白了
>
> 　　……
>
> 　　我一下子就看不見醫生了，腦袋裏黑乎乎一片，只有眼淚嘩嘩地掉出來，半晌，我才問醫生："我兒子在哪裏？"

2. 非文學文本：加拿大攝影師 Allen Agostino 的攝影作品《洞》❸。

❷ 余華：《活著》，作家出版社，2012 年。

❸ 參見 https://www.allena-gostino.com/the-hole?lightbox=image_j89，2023 年 2 月 14 日瀏覽。

思維導圖

GI
弱勢群體得不到公平對待，
被剝奪了應有的權益。

生存與公平：
- 有慶的悲慘死亡；鳳霞受欺負

生活環境：
- 班姆一家糟糕的生活環境

文學文本：小說
《活著》節選

非文學文本：照片
加拿大攝影師 Allen Agostino 攝影
作品《洞》

三、結構提綱

	內容	討論要點
1	全球性問題	• 弱勢群體得不到公平的對待，被剝奪了應有的權益。
2	文本介紹	• 《活著》講述了醫生、護士為救縣長女人的命，將福貴兒子有慶的血抽乾，導致其慘死的故事，選段內容包含著農民的苦難，這讓人想要了解其深層的原因。 • 艾倫的攝影集《洞》其中一組關於班姆的作品，展示了班姆一家毫無尊嚴、缺乏醫療保障和貧困潦倒的生活。
3	文學文本分析	• 簡述選段內容，作者使用了肖像和語言描寫，細緻地刻畫了有慶悲慘的死亡過程和醫生、護士對權力的膜拜，以及他們對底層人民生命的漠視。

	內容	討論要點
3	文學文本分析	• 余華還通過書中其他人物和發生在他們身上的故事來詮釋這一全球性問題。例如在第七章，王四搶走鳳霞的地瓜，展現了人們對鳳霞所代表的殘障人士的欺壓，和剝奪他們應有權利的過程。
4	非文學文本分析	• 作者使用了俯瞰的視角，完整地捕捉了班姆一家糟糕的生活環境和生存現狀，不僅喪失基本權利，還被社會邊緣化。 • 在其他照片中，有一張照片展示了班姆一家在深夜破舊的房車裏，在昏暗的燈光底下苦中作樂的場景，揭露出了大城市中底層人不為人知的生存狀態。
5	全球性問題總結與延伸	• 兩個作品在側重點和表現方式上不盡相同。《活著》具有荒誕性，而《洞》更具真實性。 • 兩個作品都讓我們意識到，無論身處何時何地，都不應忘記為弱勢群體爭取他們平等的權益，保障他們生存的尊嚴。

四、範例點評

我的文學文本來自余華 1993 年出版的長篇小說《活著》，講述了主人公福貴作為社會最底層的弱勢群體一生的苦難經歷。作者以悲憫的情緒敘述了農民在那個時代所遭受的不公，讓人思考其苦難產生的根源。我的非文學文本是加拿大攝影師艾倫在紐約貧民窟居住了 14 個月後所拍攝的一組照片。攝影機的鏡頭捕捉了大城市中底層人民的日常生活。這組照片著重展示了班姆一家毫無尊嚴、缺乏醫療保障和貧困潦倒的生活。兩部作品都探討了基於政治、權力、公平正義這一領域的全球性問題，我會具體闡述弱勢群體在社會中得不到應有的公平對待，甚至被剝奪應有權益的探究話題。

首先，我的文學文本選段來自《活著》中的第八章節，講述了醫生、護士為救縣長女人的命，將福貴兒子有慶的血抽乾，導致其慘死的故事。

提出問題：
開頭分別介紹兩個文本的內容和全球性問題。

考生可以更多地就全球性話題內容和意義進行描述。

文學選段：
介紹文學文本選段內容、藝術手法和表現主題。

作者余華細緻地刻畫了有慶悲慘的死亡過程，醫生、護士對權力的膜拜，以及他們對底層人民生命的漠視。

選段中，余華使用了語言描寫、肖像描寫，細緻地刻畫了有慶被抽血時的面部容貌變化，凸顯了有慶之死的荒謬。在被抽血的過程中，有慶先是臉變白了，然後嘴唇也變為白色，最後成了青色。醫生的天職本是救死扶傷、治病救人，但在此時卻連如此明顯的面部容貌、面部顏色轉變都視而不見。通過如此殘忍的白描，作者讓讀者見證了醫生是如何忽視有慶這個少年的生命，並導致其死亡的，這也突出和強調了有慶作為弱勢群體，他的基本生存權益是如何被忽視對待的。

接著，余華通過語言描寫，表現了醫生和護士對底層人民生命的褻瀆。其中，醫生分別說"心跳都沒了""死了"，短短兩句便宣告了有慶的死亡。醫生簡短的陳述顯示了他對底層人民生命的無情和不屑一顧。而在有慶死亡後，他也只是簡單地評價了一句"胡鬧"，便去搶救縣長的女人了。這揭示了在醫生的心目中搶救縣長老婆是第一位的，對權力的膜拜使他忘記了自己的天職，成了趨炎附勢、草菅人命的劊子手。選段中，面對福貴的懇求："我只有一個兒子，求你行行好，救活他吧"，醫生卻反問道："你為什麼只生一個兒子？"醫生責備福貴，自己卻置身事外，這也反映出福貴的無助。作為弱勢群體的他，不僅痛失孩子而無處伸張正義，還要承擔莫須有的責任。

這一節選文本的情節將當時的社會現實赤裸裸地呈現在讀者面前，荒謬程度讓讀者懷疑其真實性。真實與荒謬在作品中並存，凸顯出作品的現實意義。作者通過醫生為救治官僚而犧牲小人物的故事情節，將處於不同階層人物的命運進行了鮮明的對比，展示出那個年代小人物生存權利的缺失。在《活著》中，福貴身邊死去的每一個人，幾乎都在某一個方面被剝奪了生存的權利。春生被政治逼死了，有慶和姐姐鳳霞因"醫護人員"的"失職"被剝奪了生命，家珍因為得不到好的醫療因病而逝，連小小的苦根也因為飢餓而吃豆子"撐"死了。

第七章節講述了在三年自然災害期間，福貴的女兒鳳霞在田地裏好不容易挖出了救命的糧食後，被鄰居王四搶奪的故事。余華通過語言描寫刻畫了王四欺壓鳳霞時的醜惡嘴臉。王四明知道鳳霞說不了話，在被問到地

講述了選段在全球性問題中具體內容和手法的展現。

提到了選段中另外一處細節，並關聯了全球性問題。

整部作品：
從整部作品的角度呈現這一全球性問題。

"王四搶瓜"表現了對弱勢群體之一的殘障人士權益的剝奪。

瓜是誰的的時候，指著鳳霞說："你讓她自己說是誰的！"這樣一來，王四不僅奪走了屬於鳳霞的地瓜，還剝奪了她的話語權。更令人悲憤的是，在書中還寫到王四做了虧心事，也不臉紅，直著脖子說："是我的，我當然拿走。"從他囂張的話語中可以看出，王四把欺負弱勢群體當成了一件理所應當的事，對自己的惡行沒有絲毫懺悔。余華通過對王四的語言描寫，展現了人們對鳳霞所代表的殘障人士的欺壓，並展示了人們是如何剝奪他們應有的權利的。

接下來，我會探討我的非文學文本是如何呈現這一全球性問題的。我的非文學文本是艾倫所拍攝的攝影集《洞》中的一張照片。從照片中，可以看出班姆一家貧困的經濟狀態。班姆家中狹小的活動空間使他們不得不把所有的東西都集中在一起，餐桌、廁所和垃圾桶都被擺放在一起，垃圾隨處可見。艾倫在拍攝這張照片時，使用了俯瞰的視角。這樣從高到低的呈現方式，完整地捕捉了班姆一家糟糕的生活環境，讓讀者直觀地感受到班姆家中的髒、亂和差。

另外，俯瞰視角還具有象徵意義。攝影師通過站在一個較高的角度進行拍攝，好讓受眾俯瞰班姆一家，從而讓他們設身處地地體會到班姆一家作為弱勢群體在社會中所面對的異樣和鄙夷的目光。另外，艾倫在拍這張照片時，還通過對照片的構圖展現班姆一家生活的不堪。圖片中既有對遠景的全局呈現，也有對近景的局部特寫。觀眾可以看到，照片的右下角有一個由木棍和布所搭建的簡易洗澡區，蓮蓬頭也是由廢棄的塑料罐製成的。一個人正在光天化日之下洗澡，這更展現了班姆一家為貧窮所困，只能在貧民窟裏艱難地苟活，與垃圾為伍，連最基本的尊嚴都已經喪失了，這也是他們被社會邊緣化、自生自滅的真實寫照。

除此之外，艾倫在其他作品中也展現了相同的全球性問題。其中一張照片展示了班姆一家在深夜破舊的房車裏，在昏暗的燈光底下苦中作樂的場景。在背景中，林立的居民樓整齊地排列著，明亮的燈光從家家戶戶的窗戶中穿透出來，而艾倫使用了遠近對比的手法，通過比較班姆家和居民樓家中燈光的亮度，從視覺上讓觀眾直觀地感受到班姆家和普通紐約家庭生活條件和經濟狀態的巨大差距。艾倫創造的反差顯示出，即使在繁華的紐約，也有為溫飽掙扎的弱勢群體，他們的基本生存權益得不到保障，

非文學選段：
非文學作品的探討先集中在一張關於班姆的生活記錄。

對於拍攝視角的討論以及手法背後所呈現的意義的關聯。

整部作品：
從整部作品的其他文本中找出更多證據揭示全球性問題。

從而揭露了大都市中黑暗和不為人知的一面。還有一張照片近距離記錄了一場特殊事件，也同樣展示了這一全球性問題。在照片中，父親拿著手電筒，母親托著兒子的嘴為他檢查牙齒。由於家庭經濟窘迫，根本無法支付昂貴的醫療費，只能由不具備任何專業知識的母親來為兒子檢查牙齒。三人的表情都在圖中被無限放大，兒子因疼痛而面部猙獰，苦不堪言。父母兩人表情麻木且沮喪，充滿著對生活的無奈。通過這一特寫，艾倫展示了班姆兒子無法得到應有的醫療保障，只能讓家人自行醫治的事實。艾倫將班姆一家日常面對的困難和艱辛可視化，化空泛為具體，進一步增強了受眾對弱勢群體窘迫日常生活的思考和理解。

綜上所述，我所選擇的文學文本和非文學文本都展示了弱勢群體在社會中受到的不公對待，並被剝奪了應有權益的全球性問題。雖然一個文本發生在 20 世紀 50 到 70 年代的中國，另一個發生在 21 世紀的紐約，兩者展現的不平等的境況也不盡相同，但這恰恰說明了這個全球性問題的跨時代和跨地域性。文學文本《活著》是一部小說，敘事中包含荒誕和誇張的成分，但作品通過對弱勢群體苦難的解構，展示了那個年代小人物抗爭無望、乾脆不做徒勞之爭的絕望。而我的非文學文本則採用真人真事和直觀的視覺元素，直擊觀眾心靈，讓他們反思弱勢群體在城市繁華的背後悲慘的生活處境。兩個作品都讓我意識到，生存權利看似理所當然，然而現實卻是：這樣的權利在每個時代、每個地域都是要爭取、要維護的。無論何時、何地都不要忘記為自己、為他人、為所有的弱勢群體爭取他們平等的權益，保障他們生存的尊嚴。

總結：
對兩個文本的內容和手法做了簡單的對比和總結，最後重新回到主題。

五、問答示例

Q1 作為一個在國際學校學習的學生，你為什麼會對這樣的一個弱勢群體的全球性問題有興趣呢？

A1 我之所以選擇這個全球性問題，是因為我認為在現實生活中，尤其是第三世界的發展中國家裏，這樣的事情每天都在上演，甚至在富裕的國家，比如說新加坡，這樣的事情也在發生，只不過不平等對待的程度有所不同。就比如說在新冠疫情期間，我們在印度可以看到，印度政府只給高種姓人群接種疫苗，卻讓病毒在低種性人群中肆意散播，導致大量人群死亡。通過對這個話題的深入探究，我意識到了這個全球性問題的普遍性值得我們去關注。只有維護弱勢群體的權益，這樣的悲劇才能不再上演。

Q2 在《活著》這部小說中，你認為作者余華有沒有把他的眼光放在你今天所討論的弱勢群體身上，還是說這個問題只是我們自己從文本中獲得的，可能並不是作者的初衷。簡單來說，你認為這是作者的初衷，還是我們作為讀者在今天的解讀？

A2 我覺得兩者都有。因為在整篇文章中，除了我剛剛說到的有慶之死、鳳霞被搶走地瓜的情節之外，其他情節也展現了這個全球性問題。比如在國共內戰時期，福貴作為壯丁被拉去打仗，以至於他多年以後才回到早已面目全非的家中。在很多歷史時期，老百姓總是作為弱勢群體的形象出現，他們被剝奪生活的權利，同時無法擺脫這種被強迫的命運。作者通過這些具有時代特徵的情節，將寫作重點聚焦在弱勢群體上，一方面表達了小說主題，另一方面也更能展示這個群體被時代裹挾的方面。這與我之前講到的有慶之死也有關聯，所以說我覺得兩者都有。

Q3 很好，也就是說余華也意識到了今天你所談的這個全球性問題。那麼剛才你所說的兩個文本，一個是小說，一個是攝影作品，你認為這兩個不同的文體形式，它們在呈現弱勢群體在社會上所受到的不公平對待這個問題時，有什麼相似之處或者不同的特點嗎？

A3 我覺得雖然兩個作品都呈現了相同的全球性問題，但由於兩者體裁不同，因此呈現角度和方式也有所不同。《活著》作為一部小說，是一個虛構的作品，其中的人物和情節設定都源於生活，且高於生活，所以會有誇張和誇大的成分。對現實合理地放大，能使讀者更好地感受和體會到弱勢群體所處的悲慘處境。而我的非文學文本是一個攝影集，相對來說比較寫實，是攝影師在當地親自拍攝的。通過取景和構圖，它能夠直觀再現弱勢群體生活中的某一瞬間，讓受眾設身處地地體會到他們的生活困境。所以這兩個作品雖然在呈現方式上有所不同，但我認為它們對這一全球性問題的揭示都是相當深刻的。

六、綜合點評

　　此篇口頭表達圍繞著明確的全球性問題 —— 弱勢群體在社會中得不到應有的公平對待，甚至被剝奪應有權益，以文學文本《活著》與非文學文本攝影作品《洞》為闡述內容，探討了弱勢人群在生存與生活兩方面所失去的權益。考生對節選與文本的內容有深刻的理解，並針對全球性問題做了有意義且有說服力的闡述。考生不僅直接指出了文本中談及全球性問題的地方，而且分析了問題產生的根源與帶來的影響，分析細緻而透徹。

　　在表達組織方面，考生很好地平衡了文學文本與非文學文本、節選與整部作品的比重。開篇表明要談論的全球性問題，結尾總結了兩個文本的特質，點出了〝全球性〞所在。此篇口試語言清晰、準確且富有變化，相關術語，如〝俯瞰視角〞〝白描〞〝構圖〞等，考生能夠準確使用。

　　在師生討論部分，考生的回答充分表現出其對這一全球性問題的理解與思考。考生不僅能夠清楚地說明文本與全球性問題之間的聯繫點，而且能具體比較兩個文本在反映全球性問題方面的異同，深化了前面口語表述的內容。

七、模擬演練

全球性問題

❶ 貧困兒童失去受教育的權利

❷ 戰爭使人們失去生存的權利

❸ 殘疾人失去了獲得工作的權利

❹ 制度條約制約了人自由發表意見的權利

❺ 弱勢群體話語權的喪失

觀點：

文學作品／節選

細節 1

細節 2

細節 3

非文學作品／節選

細節 1

細節 2

細節 3

文學作品／選集（BOW）

其他篇章 1

其他篇章 2

非文學作品／選集（BOW）

其他篇章 1

其他篇章 2

總結

（呼應開頭、聯繫全球性問題）

09 實現和平

探究領域 政治、權力和公平正義 | 實現和平

一、課題解讀

"戰爭與和平"這一主題一直貫穿於人類歷史,人們無不想通過對這個話題的探究表達對戰爭的抵制和對和平的渴望。戰爭對於個人和社會所造成的災難是不可估量的,而追求和平通常會有多種表現方式,比如和平遊行、和平宣傳等等。此外,這一主題更多地出現在文學及非文學文本中。"戰爭與和平"是文學自產生起就一直存在的母題,而公眾人物的反戰演講也無不提醒著人們,戰爭與我們的距離之近,和平年代的來之不易。

二、文本說明

1. 文學文本:詩歌文本《詩經》中的《豳風·東山》。

> 我徂東山,慆慆不歸。我來自東,零雨其濛。我東曰歸,我心西悲。制彼裳衣,勿士行枚。蜎蜎者蠋,烝在桑野。敦彼獨宿,亦在車下。
>
> 我徂東山,慆慆不歸。我來自東,零雨其濛。果臝之實,亦施于宇。伊威在室,蠨蛸在戶。町畽鹿場,熠耀宵行。不可畏也,伊可懷也。
>
> 我徂東山,慆慆不歸。我來自東,零雨其濛。鸛鳴于垤,婦嘆于室。洒掃穹窒,我征聿至。有敦瓜苦,烝在栗薪。自我不見,于今三年。
>
> 我徂東山,慆慆不歸。我來自東,零雨其濛。倉庚于飛,熠耀其羽。之子于歸,皇駁其馬。親結其縭,九十其儀。其新孔嘉,其舊如之何?

2. 非文學作品：《美國的承諾》，節選自美國前總統奧巴馬的演講集《奧巴馬演説集》。

個人責任和相互責任結合在一起就是美國承諾的精髓所在。

正像在本土我們要向下一代恪守我們的承諾一樣，我們也必須在海外恪守美國的承諾。如果約翰‧麥凱恩想要和我辯論誰更具下一屆三軍總司令的氣質及判斷力，那麼我已準備就緒。

麥凱恩參議員在"9‧11事件"發生後沒幾天就把視線轉移到了伊拉克，而我那時就站出來反對伊拉克戰爭，因為我知道這場戰爭會分散我們對付真正恐怖威脅的注意力。當約翰‧麥凱恩說我們在阿富汗作戰只能是"費力不討好"時，我爭辯說要增加更多軍隊和資源來結束那裏的反恐戰爭，因為真正發動"9‧11事件"襲擊我們的恐怖分子就躲藏在那裏，我明確主張只要本‧拉登及其黨羽進入我們視線之內，我們就必須把他們揪出來繩之以法。

今天，當伊拉克政府和布什政府對我要求給出一個從伊拉克撤軍時間表的呼籲給予了積極回應的時候，甚至在我們得知伊拉克政府有790億美元的財政盈餘，而我們政府陷入財政赤字泥潭之後，約翰‧麥凱恩依然我行我素，固執地拒絕結束這場錯誤的戰爭。

那不是我們需要的判斷力，那種判斷力不能保證美國的安全。我們需要一位能夠直面未來的威脅而不是繼續沉湎於舊思維的總統。

通過佔領伊拉克，我們是打不垮遍佈80個國家的恐怖分子網絡的，僅僅在華盛頓咬牙切齒也不能恐嚇住伊朗，保護住以色列。當我們疏遠了我們最古老的盟友的時候，我們是不能真正給予格魯吉亞支持的。如果約翰‧麥凱恩想走喬治‧布什那套言辭強硬但戰略劣質的老路，那是他的選擇，但這不是美國需要的變革。

羅斯福總統來自我們政黨，肯尼迪總統來自我們政黨，因此不要告訴我民主黨人不能保衛我們的國家，不要告訴我民主黨人不能保證我們的安全。布什——麥凱恩的外交政策已揮霍了幾代美國人（包括民主黨人和共和黨人）建立起來的精神遺產，而我們在這裏準備恢復這些精神遺產。作為三軍司令，我將毫不猶豫地保衛我們國家，但是要"師出有名"，只有在保證給予軍隊精良裝備且歸國後給予他們應得的關懷和福利這些神聖承諾時，我才會將我們的軍隊派往危險之地。

我將負責任地結束伊拉克的這場戰爭，結束在阿富汗對付"基地"組織和塔利班武裝的戰鬥。我將重建我們的軍事實力來應對未來的衝突，但是我也將重新執行強硬而坦率的外交政策以阻止伊朗獲得核武器。我將建立新型全球夥伴關係來擊敗來自21世紀的威脅：恐怖主義和核擴散，貧窮和種族屠殺，氣候變化和疾病。我將恢復我們的道德水準以便讓美國再次成為所有愛好和平、渴望美好未來、願意獻身自由事業人士的最好的也是最後的希望之國。

……

思維導圖

```
                    ┌──────────────────────────┐
                    │           GI             │
                    │  戰爭給人們帶來的影響和反戰思想  │
                    └──────────────────────────┘
                         │                │
          ┌──────────────┴────┐   ┌───────┴──────────────┐
          │ 東方語境下的反戰思想： │   │ 西方語境下的反戰思想：    │
          │ • 戰爭對個體和家庭造成了深重 │ │ • 戰爭給士兵們造成了嚴重的影響 │
          │   影響              │   │ • 退伍軍人們患有嚴重的心理問題 │
          │ • 戰爭中的人們深深思念家庭  │   │                      │
          └──────────┬────────┘   └───────┬──────────────┘
                     │                    │
          ┌──────────┴────────┐   ┌───────┴──────────────┐
          │ 文學文本：詩歌       │   │ 非文學文本：演講稿       │
          │ 《詩經》中的《豳風·東山》│   │ 《奧巴馬演説集》中的《美國的承諾》│
          │ 《小雅·何草不黃》《王風·│   │ 《向老兵致敬》《有希望則無所畏懼》│
          │ 君子于役》           │   │                      │
          └───────────────────┘   └──────────────────────┘
```

三、結構提綱

	內容	討論要點
1	全球性問題	• 和平時代，戰爭並未遠去。戰爭對人們造成了沉重的傷害，因此人們需要對其進行深刻的反思，從而形成反戰思想。反戰思想在文學文本和非文學文本中都有所表現。
2	文本介紹	• 文學文本選自中國先秦時的詩歌總集《詩經》，選篇為《豳風‧東山》。選篇以一名普通士兵的視角，敘述東征後歸家前的複雜情感，表達了對戰爭的思考和對人民的同情。 • 非文學文本源自《奧巴馬演說集》，選篇為其中一篇演講《美國的承諾》，主要內容是針對共和黨的伊戰策略而闡述民主黨以及奧巴馬面對伊拉克戰爭的態度，以此爭取聽眾的理解和對民主黨派的支持。
3	文學文本分析	• 作者使用第一人稱視角，從一個士兵的角度講述了自己戰後回到故鄉途中的心理感受，從而表現出戰爭對一個普通士兵的影響，以及士兵內心對戰爭的厭倦。 • 詩中不僅包含戰爭參與者的自述和內心活動，還有豐富的想象側面呈現戰爭對於普通人的影響，進而反映出作者對戰爭的反感。 • 在《小雅‧何草不黃》中，作者用比興的手法抒發了行役征夫的哀怨，以充滿抗訴和指控的語調揭露出普通士兵在戰爭面前命如草芥的現實。 • 在《王風‧君子于役》中，作者通過女性視角，表達了對征戰在外丈夫的思念之情，以樸素但富有深情的語言描繪了一幅極富日常氣息的生活畫卷，進而加深了對丈夫的思念之情。
4	非文學文本分析	• 作者使用了對比手法強調自己對於伊拉克戰爭的態度，以及作為民主黨人的反戰理念。文中使用了具有說服性的語句闡明自己的戰爭立場，同時向公眾傳達了結束戰爭的決心。

	內容	討論要點
4	非文學文本分析	• 在《向老兵致敬》這篇演講稿中,作者使用了專業術語,向公眾展示了戰爭給老兵所帶來的傷害。 • 在《有希望則無所畏懼》這篇演講中,作者使用了具體的例子、細緻的轉述、富有煽動性的言語,一方面表示對伊利諾伊州人民犧牲精神的肯定,另一方面也實在地呈現了戰爭對這些群體造成的傷害。
5	全球性問題總結與延伸	• 無論是早期的中國詩人,還是新近的美國總統,他們無不對戰爭抱有激烈的反對態度和成熟的反戰思想。 • 世界依然不乏戰爭的陰霾,在當我們審視它所帶來的影響時,我想這兩部作品會給我們一些啟發和思路。

四、範例點評

提出問題:
從戰爭這個具有普遍性的話題引出所探討的文本。

老師好,我今天要跟您進行口頭報告的題目是《戰爭給人們帶來的影響和反戰思想》,它屬於"政治、權力和公平正義"這個探究領域。我之所以選擇這個話題,是因為從古至今,戰爭一直在不斷發生。因為戰爭的殘酷,人類很早就嚮往和平,秉持著反戰的思想,希望戰爭不會發生。我所選的文學文本是中國先秦詩歌總集《詩經》,其中的選篇是《豳風·東山》,而我選擇的非文學文本是《奧巴馬演說集》的中文版本,選篇是其中的一篇演講《美國的承諾》。

文本介紹:
首先介紹文學文本出處及選段內容。

關於文學文本《詩經》,它是中國最早的一部詩歌總集。選篇《豳風·東山》以一名普通士兵的視角,敘述東征後歸家前的複雜情感,表達了對戰爭的思考和對人民的同情。

文學選段:
從寫作視角來分析這首古典詩歌所透出的反戰情緒。

詩歌的直接抒情,側面反映出戰爭帶來的離別愁緒。

首先,作者通過第一人稱視角,從一個士兵的角度講述自己戰後回鄉途中的心理感受,從而表現出戰爭對一個普通士兵的影響。詩歌一開頭就以"我"為視角,講述自己東征結束要歸故里。"我徂東山""我來自東""我東曰歸",將"我"與"東"不停地重複,加強了作者自我認知中對於東征這一視角的深刻感受,側面反映出東征對於個人遠離家鄉產生的客觀影響。同時，詩中不乏以“我”為抒情主體的心理表達，如“我心西悲”表達了對於歸家的嚮往，客觀反映出長年戰爭帶來的思鄉之情。這些第一人稱視角下的抒情表達，正好印證了周代先民對戰爭的反感。長年的征戰讓士兵身心痛苦，這種辛苦是常人無法感知的。

聯繫全球性話題。

詩中不僅包含戰爭參與者的自述和內心活動，更有豐富的想象側面呈現戰爭對於普通人的影響，進而反映出作者對戰爭的反感。作者使用了推理想象來表現家園因戰爭而荒蕪破敗。“伊威在室，蠨蛸在戶”，因為戰爭，無人打理屋所，屋裏生地蝨，蜘蛛結網掛門上，“町畽鹿場，熠耀宵行”，屋前空地也被禽獸踐踏過，夜晚螢火蟲聚集，如入無人之境。這種推理和想象在作者歸途中風餐宿露、夜住曉行的辛苦面前變得彌足珍貴，但也直接反映出了作者因為戰爭被征戍而遠離屋舍，歸鄉途中靠這樣的想象來疏解心中的情緒。這與我要討論的全球性問題很相關，戰爭讓人們遠離家鄉，在無盡的思念中只能通過想象聊以自慰，家庭被拆散，有家不能歸，痛苦可想而知。

通過想象的意象，側面反映戰爭對家庭造成的影響。

通過追憶手法說明戰爭產生前後的對比，同時關聯到全球性問題。

在《詩經》這部經典著作中，還有其他的詩篇包含著戰爭對個人的影響，以及人們的反戰想法。在《小雅·何草不黃》中，作者用比興的手法抒發行役征夫的哀怨，以充滿抗訴和指控的語調揭露出普通士兵在戰爭面前命如草芥的現實。“何草不黃”“何草不玄”都藉助“草”的意象起興，借景抒情的手法強化了征夫對於戰爭殘酷現實的控訴。“哀我征夫”“獨為匪民”“朝夕不暇”，都在一定程度上表達了征夫在戰爭中日夜忙碌、不被當人對待的事實。在戰爭中，個體都是渺小的，他們身上沒有價值可言，他們和枯黃破敗的野草沒有區別。事實上，這也是作者想要藉助這首詩發表的反戰宣言。

整部作品：
《小雅·何草不黃》作者使用比興的手法，揭示普通士兵在戰爭面前命如草芥的現實。

此外，在《王風·君子于役》中，作者藉助女性視角，表達了對征戰在外丈夫的思念之情，從而映射了我所探討的全球性問題。詩從日常生活中雞進籠了、牛羊回家了，而自己的丈夫還沒有回來的情境中，表達了一個妻子在面對“君子于役”的家庭時自然而然的思念情緒，“曷至哉”“曷其有佸”“如之何勿思”，都以疑問句的句式直抒對丈夫的思念之情。戰爭加劇了家庭的分崩離析，而以妻子的視角寫征夫，也是對戰爭的一種無聲的控訴。妻子生活在家庭瑣碎中，如果缺少丈夫的陪伴，幸福的生活也就

另一個文本《王風·君子于役》中，作者通過女性視角表達了丈夫因征兵作戰而思夫的心理，反映了戰爭對百姓的影響。

缺少了歡愉和意義。

下面，我將對我所選擇的非文學文本進行分析。

作為一部演講稿輯錄，《奧巴馬演說集》收錄了 14 篇他在不同時期、不同地點、面對不同群眾時所發表的演講。選篇為其中一篇演講《美國的承諾》，主要內容是針對共和黨的伊戰策略而闡述民主黨以及奧巴馬面對伊拉克戰爭的態度，以此爭取聽眾的理解和對民主黨派的支持。

首先，在這篇演講稿的節選中，作者用了對比的手法表達了自己對於伊拉克戰爭的態度，以及作為民主黨人的反戰理念。選篇第三段中，作者通過引用，對比麥凱恩議員和自己在伊拉克和阿富汗戰場上的主張，接著連續使用"反對"和"結束"表明自己對兩場戰爭的態度。通過這種方式，作者希望爭取民眾對於美國發起戰爭的真正目的進行思考，同時清楚表明自己對於戰爭的立場。作者在譴責共和黨人戰爭理念的同時，不忘強有力地通過具體例子，捍衛民主黨人保衛美國國家本身所具有的實力。從這幾個部分來看，可以看出作者通過演講啟發聽眾對於美國在中東地區發起的戰爭的思考，從他自身而言，民主黨人士是反對戰爭的，這正是因為戰爭對美國造成了影響，它不但削弱了美國的財政，也同時加劇了美國在這兩個地方的投入和犧牲。

其次，作者在演講中使用了說服性的語句來闡明自己的戰爭立場，同時向公眾傳達了結束戰爭的決心。選篇中第八段，作者使用"將""負責任地""結束""重建""建立"等具有行動力的詞語，從而表達對於戰爭的態度，以此引導民眾正視戰爭的殘酷，並提示可能的外在威脅。作者以宏觀視角引入了"恐怖主義和核擴散""貧窮和種族屠殺""氣候變暖和疾病"等多個世界性課題，旨在淡化戰爭的必要性，在這些核心的國際問題面前，戰爭是被反對黨用來牽制國內愛國主義情緒的手段。這深刻反映了我所探討的全球性問題，在民族主義情緒濃厚的當代社會，對外的敵對情感往往會帶來軍事上的衝突，而戰爭往往披著愛國主義的外衣，從而裹挾著國民的情感，這將造成民族內部的分裂，也將耗盡民族熱情，給國民帶來深重的影響。

當然，在這本演講集中，作者也在其他篇章裏直接或間接地討論了戰爭這個議題。

在《向老兵致敬》這篇演講稿中，作者使用了專業術語，向公眾展示戰爭給老兵帶來的傷害，無論是"創傷後壓力心理障礙症"還是"創傷性腦損傷"，這些專業術語加強了作者的語氣和語言效力，也直接表達出了戰爭給士兵造成的實際傷害。接下來，作者通過轉述，向公眾呈現了老兵親屬們對於"愛人一次又一次地離家去海外服役給她們帶來了極大的傷害"，這種傷害是顯而易見的。作者通過這些手法，直接揭露了戰爭對這些人和家庭的影響。這種影響雖然側面表達了老兵及其家庭應得的關注，但也部分表達了作者對戰爭帶給人們影響的真實看法。

整部作品：
從《向老兵致敬》中找到戰爭對人們造成的傷害這一視角。

在《有希望則無所畏懼》這篇演講中，作者用了具體的例子和細緻的轉述，向公眾描述了他與在伊利諾伊州東莫林市的海外戰爭軍人俱樂部裏遇到的一個叫沙莫斯的年輕人的對話。藉著這個對話，作者從個體到群體，展示了深陷伊拉克戰爭的年輕群體，特別是"900名男女戰死沙場"，以及背後的一個個失去親人的家庭。這加強了公眾對戰爭帶來的影響的感受。這些內容似乎在上述文本中也不斷出現，因為作者始終懷有對戰爭深重影響的理解，因此這種表述能夠多次不斷地在他的演講中被提及，這也能夠關聯我所探討的全球性問題。

《有希望則無所畏懼》中通過舉例的方式，探討戰爭對家庭造成的後果。

總之，通過兩個文本選段以及整部書相關段落內容的分析，我們看到，無論是早期的中國詩人，還是新近的美國總統，他們無不對戰爭抱有激烈的反對態度，以及成熟的反戰思想。如今，世界依然瀰漫著戰爭的陰霾，當我們審視它所帶來的影響時，我想這兩部作品會給我們一些啟發和思路，但願世界永遠和平。

總結：
沒有特別地對兩個文本技巧進行比較，只是簡單總結了文本的啟發性。

五、問答示例

Q₁ 你所選擇的文學文本是距今兩千五百多年的詩歌總集，我想知道作為當代讀者，在理解《詩經》中的戰爭主題時是否會抱有一些偏見？

A₁ 在口試的過程中，我確實發現，以當代人的視角看待兩千五百年前的文學作品會帶有一些偏見，最大的偏見在於，相較於當代表現戰爭的作品，讀者會認為《詩經》對於戰爭主題的表現可能不如我們現在這麼豐富精彩。實際上，在我閱讀《豳風·東山》時，我發現用於現代文學作品的第一人稱視角竟然如此嫻熟地被使用在文本中，並且作者對於歸途的描述充滿了浪漫主義氣息，無論是對家園破敗的想象還是對年少結婚場面的回憶，無不顯示了經歷過戰爭的士兵對家人和故土的思念，這也是現代詩歌慣常使用的手法之一。這提醒著我，也許我們對於兩千多年前的歷史感到陌生，但是那些歌詠者所懷有的情緒和情感是真實的，這些真實性能夠在當代作品中呈現出來，這打破了我對於傳統詩歌的偏見。

Q2 你的非文學文本使用的是奧巴馬的演講稿，正如你所說，他的演講中經常包含關於戰爭的議題，我想知道這種非文學形式在表達戰爭這個議題上有沒有特別的手法？

A2 事實上，演講的主要手法就是加強與受眾的共情，這種共情的實現需要通過演講者富有感召性的話語和列舉具體的事件來達成。正如我在口試中所舉的例子，奧巴馬通過具有感召力的話語讓公眾對政府在戰爭方面的立場更加明確，同時在戰場傷亡士兵的話題上，他通過舉例的方式詳細敘述了自己與一個士兵的對話，從而讓公眾感同身受。演講所處的環境和所面對的受眾都是特定的，這在某種程度上決定了演講的手法。就像在面對老兵的演講中，作者使用煽動性的語言加強演講與聽眾的關聯，這能夠更加凸顯戰爭對老兵造成的傷害。在這樣的演講場域中，演講者所傳達的關懷和態度也代表了政府，因此表達的語氣需要顯得關切且不帶有偏見，內容的呈現也需要生動且富有說服力，這也是演講這種文體獨有的建立共情的方式。

Q3 那麼在你看來，兩個文本在表達這個全球性問題方面，哪個更加深刻？

A3 我個人認為二者各有特色。《詩經》中的篇章大多以親歷者的視角，通過抒情的方式來表現戰爭對個體的影響，無論是歸家的士兵，還是思念丈夫的妻子，他們都從側面反映了在戰爭這一語境之下，普通個體的感受以及所受到的傷害。而非文學文本則從演講者的視角展示了作為國家領袖和政府象徵的作者對戰爭相關話題的關切。這種關切是出於對國家主義、國家形象等方面的考量，也正面表明了美國政治勢力對戰爭的態度。另外，《詩經》具有浪漫主義的特色，這讓戰爭這個話題雖不那麼宏大，卻顯得十分真切，而演講則有鮮明的關涉性，它不僅關涉到演講的主題，也會關涉到受眾的心理和相關議題對他們所產生的影響，其中也包含戰爭這個議題。

六、綜合點評

考生對兩個文本的分析十分詳細，尤其是針對整部書作品的部分，可見考生對於這個全球性問題有很好的思考。考生在內容的討論方面可以相對精簡一些，這樣能更好地突出對全球性話題的討論。另外，考生使用較為準確的分析術語，把文學文本和非文學文本的特徵總結提煉，並結合選文內容，針對全球性問題進行良好的、有效的回應。此外，考生對兩個文本的討論內容比例均勻，不偏不倚。

考生在之後的問答部分也能夠圍繞問題的重點，條理清晰地區分文學文本和非文學文本在表達相同話題時的差異。

可以改進的地方是，在口試的結尾部分，考生可以對兩個文本進行對比總結，並稍微將這一話題進行引申，從而增強這個全球性話題的意義，讓整個口試更加完整。

全球性問題

❶ 戰爭所造成的難民問題

❷ 戰爭與愛國主義的關係

❸ 戰爭對兒童產生的影響

❹ 和平的意義與所受挑戰

❺ 恐怖主義以及恐怖分子

❻ 殖民主義的危害和影響

觀點：

文學作品 / 節選

細節 1

細節 2

細節 3

非文學作品 / 節選

細節 1

細節 2

細節 3

文學作品 / 選集（BOW）

其他篇章 1

其他篇章 2

非文學作品 / 選集（BOW）

其他篇章 1

其他篇章 2

總結

（呼應開頭、聯繫全球性問題）

第四章
藝術、創造力和想象力

10 美學靈感

一、課題解讀

　　"藝術"似乎是一個與我們相隔較遠的話題，但實際上，它又與我們密不可分。藝術領域的成果常常會轉化為日常生活的某些靈感和悸動，例如詩歌中蘊含的意象和意境常常是普通人為之嚮往的事物和境界。藝術家通過對受眾感官的刺激達到啟發心理的目的，而藝術家們的靈感也往往來自生活中萬事萬物對他們的心理產生的影響，這些影響幻化成筆墨、線條、顏色、聲音等感官物料，直達讀者和觀眾的意識，帶給他們感官上的變化，進一步啟發他們的情緒思維。在一個包容且開放的社會，美學靈感常常是自由意志的象徵，它常常反映出一個社會在某種程度上具有獨立與平等的特徵，因為這些特徵能夠驅動藝術家為之表達、為之奮鬥。很多文學作品和非文學作品都在直接或間接地表達作者對美學靈感的看法，它之所以具有全球性問題的特性，正是因為它能夠跨越國界和年代，始終被廣泛關注。

二、文本說明

1.文學文本：舒婷詩歌《惠安女子》❶。

❶ 選自舒婷：《舒婷的詩》，人民文學出版社，2003 年。

《惠安女子》

野火在遠方，遠方
在你琥珀色的眼睛裏

以古老部落的銀飾
約束柔軟的腰肢
幸福雖不可預期，但少女的夢
蒲公英一般徐徐落在海面上
啊，浪花無邊無際

天生不愛傾訴苦難
並非苦難已經永遠絕跡
當洞簫和琵琶在晚照中
喚醒普遍的憂傷
你把頭巾一角輕輕咬在嘴裏

這樣優美地站在海天之間
令人忽略了：你的裸足
所踩過的鹹灘和礁石
於是，在封面和插圖中
你成為風景，成為傳奇

2.非文學作品：H&M 2016 年秋季新品服裝宣傳廣告❷。

❷ 參見 https://www.digitaling.com/projects/19051.html，2023 年 2 月 14 日瀏覽。

```
                    ┌─────────────────────────────┐
                    │             GI              │
                    │   個人覺醒如何影響美的覺醒    │
                    └─────────────────────────────┘
                       │                      │
        ┌──────────────────────┐   ┌──────────────────────┐
        │ 東方傳統中的女性覺醒：│   │ 西方商業中的女性覺醒：│
        │ • 受到來自傳統的束縛  │   │ • 有鮮明意識的個人覺醒│
        │ • 產生美的意識從而追求│   │ • 個人審美意識的覺醒  │
        │   個人覺醒            │   │                      │
        └──────────────────────┘   └──────────────────────┘
                    │                          │
        ┌──────────────────────┐   ┌──────────────────────┐
        │ 文學文本：詩歌        │   │ 非文學文本：廣告      │
        │ 舒婷《惠安女子》《致橡樹》│ │ 品牌 H&M 的 "H&M 2016 年秋季│
        │                      │   │ 新品服裝宣傳廣告" "H&M 2021│
        │                      │   │ 農曆新年廣告"         │
        └──────────────────────┘   └──────────────────────┘
```

三、結構提綱

	內容	討論要點
1	全球性問題	• 探討個人的覺醒是否會影響審美意識的覺醒，以及兩者是如何產生影響的。
2	文本介紹	• 《惠安女子》是以中國福建省惠安縣沿海幾個村鎮漢民族婦女群體為對象，集中表達了作者對惠安女子優秀品質的讚美，和對其苦難人生的關懷。 • "H&M 2016 年秋季新品服裝宣傳廣告" 主要聚焦於女性群體，以女性穿著為主題，著重表達品牌對女性身份的支持，以及女性覺醒所帶來的審美特徵。
3	文學文本分析	• 作者使用豐富的意象來呈現惠安女子在傳統束縛之下的形象，以此來表達一種隱忍的女性覺醒，以及在此種覺醒中女性所表現的內在美。

	內容	討論要點
3	文學文本分析	• 在結尾處，作者通過諷刺的語氣來表達美的真正意涵。第四節中，作者通過"裸足""鹹灘""礁石"等意象，強化惠安女子內在的隱忍和堅強，這些都源於她們內在可感知的力量。 • 在《致橡樹》中，作者使用富有象徵意味的意象，深刻表達了對傳統愛情觀的批判，從美學的角度提出了女性作為獨立個體所嚮往的愛情真相。
4	非文學文本分析	• 廣告使用了多處近鏡頭的手法，來捕捉不同女性的面部細微動作和表情，這些鏡頭放大了女性作為個體的態度和自由，進而表達了對女性群體的認同，並對她們獨特的審美表示支持。 • 在鏡頭的構圖處理方面，作者儘可能地將女性置於畫面中心，並與周圍的色彩產生對比，突出了作者對女性作為人生主角的現實關懷。同樣，作為審美主體和象徵體的女性也散發著別樣的自信與獨立精神。 • 在《H&M 2021農曆新年廣告》中，作者使用了蒙太奇的手法，將幾個個性張揚的主人公農曆新年回家過年的鏡頭進行拼接，以統一的敘事結構加強了品牌對於個性審美的堅持和對傳統價值觀的靠攏。
5	全球性問題總結與延伸	• 兩個文本都在個人覺醒與美學靈感的關係上進行了表達。

四、範例點評

老師好，今天我要探討的話題是"藝術、創造力和想象力"，具體內容是個人覺醒如何影響美的覺醒。我之所以選擇這個話題，是因為在我看來，在世界範圍內，人們對美的追求往往都建立在對個性解放的基礎之上。但是，在很多國家和地區，個性解放的程度常常會受到傳統、觀念、身份、階級、權力等多方面因素的限制，所以人們對美的理解和追求會呈現出貧乏或單調的狀態，甚至於無法正常表達對美的感受。這讓我想要從不同的文本中找尋線索，探討個人的覺醒是否會影響審美意識的覺醒，以

提出問題：
個人覺醒與美學覺醒之間的關係，這個話題較為抽象，討論的難度比較大。

及兩者是如何產生影響的。我所選擇的文學文本來自《舒婷的詩》，選篇為其中一首詩歌《惠安女子》。我的非文學文本選擇的是 H&M 服裝系列廣告，節選片段來自"H&M2016 年秋季新品服裝宣傳廣告"。

《舒婷的詩》收錄了朦朧詩派女詩人舒婷的詩歌代表作，詩人通過豐富的主觀象徵以及充滿朦朧意味的意象，抒發了關於愛情、自由、自我意識、女性身份等方面的情感。《惠安女子》集中表達了作者對惠安女子優秀品質的讚美以及對她們苦難人生的關懷。H&M 服裝廣告則主要是以不同職業、不同身份的群體為對象，呈現了 H&M 對於個性展示的肯定和認可。《H&M 2016 年秋季新品服裝宣傳廣告》主要聚焦在女性群體身上，以她們的個性穿著為主題，著重表達品牌對於女性身份的支持，以及女性覺醒所帶來的審美特徵。

我先探討文學文本與我的全球性話題的關係。

首先，作者使用豐富的意象來呈現惠安女子在傳統束縛之下的形象，以此來表達一種隱忍的女性覺醒，以及在此種覺醒之下女性所表現出來的內在美。第二節開頭的"銀飾"和"腰肢"兩個意象則象徵了來自傳統的束縛，她們身上所佩戴的傳統銀飾並不來自她們身份覺醒之後的飾物。作者想要表達惠安女子的"身外之美"是她們的傳統強加給她們的，而她們並不是沒有美的感知。"腰肢"的"柔軟"，讓她們保留著對"幸福"的嚮往，和對"少女的夢"的追求。第三節裏，作者繼續使用"洞簫""琵琶"和"晚照"這些意象來營造出一種美麗的場景，襯托出惠安女子心中的悲傷，而"頭巾一角""咬在嘴裏"是對她們反抗直觀的寫照。前面這幾節的意象群使用，塑造出了一群被傳統束縛的女性形象。然而，她們並非對約束毫無感知，她們的美的意識隱藏在細微的反抗中。由此，我可以聯繫到我的全球性話題，那就是以惠安女子為代表的女性群體在審美意識方面也受到了相應的限制，她們被要求以相應的裝束來表現所謂的美。在這種文化中，她們內在的隱忍和對夢想的追求才是一種覺醒之美。

其次，在結尾處，作者巧用了諷刺的語氣來表達美的真正含義。第四節中，作者繼續使用意象"裸足""鹹灘""礁石"來強化惠安女子內在的隱忍和堅強，這些都來自她們內在可感知的力量。緊接著，一個"於是"，將諷刺的語調轉移到追捧她們外在形象的媒體行業身上，她們之所以成為

文本介紹：
分別介紹了整部作品集以及選段，回應話題。

文學選段：
從文本的意象使用入手，探討文本所表現出來的個人覺醒與美學覺醒。

聯繫全球性話題。

對結尾的反諷手法進行探討，與社會語境做了很好的結合。

"封面" 和 "插圖" 中的 "風景" 和 "傳奇"，很大程度上是因為人們只關注她們的外在形象，而忽略了她們身上真正的美。這也與我所探討的全球性話題緊密關聯。作者以這樣的諷刺語氣帶領讀者了解美的真正含義。現代的流行文化將少有人知的惠安女子這個群體打造成了雜誌封面的常客，卻讓人們忽略了她們內在美的表現。作者想要通過惠安女子展示她們隱忍和不屈的品格，這些品格也正是那個時代裏被大眾所忽略的。

在舒婷的其他作品中，我們也看到了她對於女性覺醒以及美的覺醒的探討。在《致橡樹》中，作者使用了富有象徵意味的意象，深刻表達了對傳統愛情觀的批判，從美學的角度提出了女性作為獨立個體所嚮往的愛情真相。在詩的前十三行，無論是 "攀援的凌霄花、癡情的鳥兒"、還是 "泉源、險峰、日光、春雨"，都是作者對傳統愛情觀的否定，這些意象都需要依附他物而產生意義。這些富有美學特徵的意象真切又準確地將作者的心聲表露了出來，"絕不" 和 "不止於" 的反覆使用加強了這種語氣。這樣的詩歌手法所表現出來的思想內容恰恰反映出了作為獨立覺醒意識的作者對於愛情的美學思考。結合當時的社會環境，我們也可以了解作為新時代女性代表的作者所具有的美學思想，而這種思想反映出當時社會環境對於女性覺醒所具有的客觀和現實條件。

下面，我要針對我的非文學文本來探討我的全球性話題。

首先，這則廣告使用了多處近鏡頭的手法來捕捉不同女性的面部細微動作和表情，這些鏡頭放大了女性作為個體的態度和自由，進而表達了對女性群體的認同，並對她們獨特的審美表示支持。在廣告選篇第 17 秒附近，我們看到鏡頭聚焦在一個留著金色爆炸頭的有色女性剔牙的動作上，這樣的鏡頭處理加強了對這類被視為不太符合世俗看法行為的支持。同時，作為服裝品牌的廣告，這個鏡頭也通過對其行為的支持加深了品牌對於女性個人審美的認同。聯繫到全球性話題，我們看到廣告品牌的立場恰恰符合我們要討論的課題，無論是女性群體還是其他少數群體，他們往往會受到來自世俗的偏見和束縛，而個性的展示恰恰增加了美的多樣性，個人的覺醒是美的覺醒的重要手段。

作者對於這個主題的表達還依賴其他的手法。在鏡頭的構圖處理方面，作者儘可能地將女性置於畫面的中心，並與周圍的色彩產生對比，加

整部作品：
從《致橡樹》中找出對愛情的美學思考，以此反映女性覺醒所帶來的美學覺醒。

非文學文本選段：
從鏡頭的使用來呈現廣告對於女性群體的認同，以此凸顯身份覺醒下的女性對於美學的覺醒。

鏡頭構圖的使用，加強了女性的中心地位。

強女性形象的中心地位。在視頻的 20 秒處，一個女性形象被置於畫面的中心，她與周圍的人形成鮮明的勢位差，正面強化了女性作為主角的形象和態度，而在 49 秒處，一個獨自漫步的女性在鏡頭中與周圍的環境形成黑白對比，略顯消瘦的形象卻呈現自信的、並不迷茫的狀態。這些畫面的構圖以及明暗對比手法的使用，突出了作者對女性作為人生主角的現實關懷。同樣，作為美的選擇和象徵體的女性也散發著別樣的自信與獨立精神。這也同樣深化了我所討論的全球性話題，個體只有覺醒才能成為自己人生的主角，同時，他們的精神也反映出了美的意義。

聯繫全球性話題。

在 H&M 出品的一系列廣告中，我也看到了它對於我所選擇的全球性話題的探討和支持。在《H&M 2021農曆新年廣告》中，作者使用了蒙太奇的手法，將幾個個性張揚的主人公農曆新年回家過年的鏡頭交雜地拼接在一起，以統一的敘事結構加強了品牌對於個性審美的堅持和對傳統價值觀的迎合。無論是叛逆、逃離家庭的青年，打扮清奇的少女，還是獨立的藝術家，他們各自的線索被剪輯在了一起，伴隨著影片中不斷出現的新年裝飾，營造出個性與傳統融合的畫面。廣告中所表現出來的傳統與個性的交互關係，暗示了個性審美最終能夠打破傳統偏見與束縛，並實現融合。廣告結尾的文字內容"我們都不一樣，卻同樣期盼新的一年更美好"向觀眾展示了品牌的立場，個性審美離不開普世的文化觀念，個性與共性的融合能夠讓個人美覺醒，也能讓集體美實現。

整部作品：
從 H&M 的另一部廣告作品入手，通過對蒙太奇手法的分析，來探究個性與共性的融合。

總之，兩個文本都在個人覺醒與美學意味方面的關係上做了各自的表達。在文學文本中，作者以女性作家的身份站在女性群體立場探討個性解放與傳統文化之間的衝突，凸顯了惠安女子的隱忍和堅強，從而表達了作者對於女性覺醒的支持，以及對於具有個人意識的惠安女子身上所具有的個性之美的讚揚。在非文學文本中，廣告對個性的釋放彰顯了品牌的美學價值，作者使用光影手段來達成這樣的目標，並讓個性的覺醒召詢美的覺醒。

總結：
闡述兩個文本各自的特點。

五、問答示例

Q1 在一般理解中，《惠安女子》這首詩是舒婷對福建惠安地區女性群體堅忍性格的讚美，你如何從這首詩中發掘出個人審美覺醒與個人意識覺醒之間的關係？

A1 首先，我覺得文學作品最大的魅力就在於它可被廣泛解讀。我從詩歌中能夠看出惠安女子所受到的來自傳統社會的壓抑，她們的服飾、夢想以及應有的少女情懷，都在傳統的壓抑下變得卑微而渺小。但是，無論是從作者的視角還是從惠安女子本身的視角出發，我們看得出惠安女子對美的追求，而她們身上的隱忍與堅定可以看作對傳統壓抑的個性反抗，這就跟我所要探討的全球性話題不謀而合。另外，在詩的結尾處，我們也隱約看到了作者對當時社會語境的諷刺意味，惠安女子的形象之美受到了來自文化界的追捧，這恰恰反映出她們真正的美被忽略的事實。這讓我看到，其實集體的審美意識也應該覺醒，而不是跟風般地只關注到被別人提出的美學思考，人們應該看到惠安女子身上具有的反抗精神與對個性美的追求，這種"看到"某種程度上來自群體意識中美的多元性。基於以上考量，我決定把這個作品與我選擇的全球性話題聯繫起來。

Q2 廣告這個文體在表現你所探討的全球性話題時，是否因為它的商業屬性而具有一定的偏見或局限性？

A2 其實廣告文體的商業屬性是對目標群體的吸引，並在特定群體中投放，建立自己的品牌影響力和價值。在這裏，我們看到 H&M 確實有意在吸引女性群體，因此它所使用的拍攝手法有意突出了女性的形象，以樹立女性在審美方面的獨特氣質。即便如此，我們不得不承認，商業廣告的社會語境是其不可忽視的重要因素。H&M 以女性的視角來呈現這個群體的審美意識，是緣於現實社會中女性獨立意識的進步，取悅女性群體成為一眾消費品牌近年來爭相採取的廣告策略。從這個角度看，即便是商業廣告，其內容的核心同樣符合我的全球性話題，並且絲毫不具有偏見。當然，說到局限性，我認為廣告文本的商業傾向會有意強化女性審美的刻板印象。實際上，商業廣告為了吸引受眾，通常會帶有強勢引導的信息，這些信息通常也通過特有的手法呈現出來，因此我們才會在文本中看到很多特別的鏡頭處理，這些鏡頭強化了女性的獨立意識，同時也迎合了女性受眾。而這種商業性質的討好又反過來加強了現代獨立女性在審美方面的刻板印象，進而可能會讓受眾對廣告所要傳達的信息產生反感，得不償失。

Q3 請你說一說這個全球性話題的現實意義和全球性意義。

A3 美的標準通常是因人而異的，也因文化的不同而不同。而審美意識的建立確實需要人的覺醒，不管美的標準如何，能否嚮往美、欣賞美是一個人的選擇。我們常常看到社會和生活中醜陋的一面，像是物化女性，像是傳統的"三從四德"等，我們之所以產生厭惡感是因為我們對於更美好的一面有所嚮往，這種嚮往建立在獨立的審美意識之上。如今的時代似乎更加自由，對美的認同也更加寬泛，但是不乏跟風、媚俗等現實問題，往深了發掘，都會將此歸因於個體的不獨立。個體不獨立的原因有很多，可能是現實的社會制度不允許，也可能是受到經濟文化條件的制約，抑或是教育的落後等等。我們之所以要追求審美意識，就是要全面地解放人們的思想，全方位地肯定人的獨立意識。現在還有很多國家，例如朝鮮這樣的專權國家，人民依然受制於政治權威，美的意識還是借由官方媒體的塑造，沒有獨立的人格談不上有審美意識。當然還有一些非洲和亞洲的不發達國家，經濟因素制約著人們對於美的追求。這樣來說，我所探討的話題對於當代各個地區都有一定的意義。

六、綜合點評

考生能夠很好地理解美學意識和個人覺醒這些概念的內容，並有目的地找到兩個文本，文學文本雖然內容偏向讚美女性群體，但是考生能夠結合全球性話題，將文本的分析很好地貼合美學意識和個人覺醒的主題。當然，這也會帶來一定的局限性，那就是美學意識在惠安女子身上所表現出來的特徵並不十分明顯。考生很好地處理了這個難題，將惠安女子身上的反抗意識和她們所嚮往的生活看成是個人覺醒和美學意識。而非文學文本的選擇也聚焦在了女性群體身上，雖然這會造成與文學文本的重複，但只要能夠針對全球性話題進行討論，就不失為好的選擇。

考生在分析方面能夠抓住文本的特性，尤其是廣告文本，除了找到剪輯和鏡頭使用的手法之外，考生也很好地分析了構圖的使用和作用。

在語言組織方面，考生平衡地對兩個文本和作品集做了同等重要的分析，語言符合分析語言的語體風格，術語使用準確。在問答的環節中，考生邏輯嚴謹，能夠緊扣題目。

關於不足之處，考生在整部作品的部分可以各增加一個例子進行說明，這樣有利於加強作品集對於這個話題討論的深度，在應答的組織結構與平衡性方面更上一層樓。

全球性問題

❶ 美的意識覺醒給個人帶來的影響

❷ 美的意義與重要性和如何培養美

❸ 政治、經濟、文化與審美的關係

❹ 審美意識的養成與教育間的關係

❺ 審美的最高標準掌握在誰的手裏

❻ 美的覺醒與社會進步之間的關係

觀點：

文學作品／節選

細節 1

細節 2

細節 3

非文學作品／節選

細節 1

細節 2

細節 3

文學作品／選集（BOW）

其他篇章 1

其他篇章 2

非文學作品／選集（BOW）

其他篇章 1

其他篇章 2

總結

（呼應開頭、聯繫全球性問題）

11

藝術建構

探究領域 藝術、創造力和想象力│藝術建構

一、課題解讀

　　一談到"藝術"，我們就要談到關於創造力的培養。首先，藝術是創造者通過主觀意志創造的，這就需要創造者深刻理解自身，進而使用新的方式來表達和創造新事物。要達成這樣的結果，創造者就要不斷增進自己的個人意志，不斷擺脫現實對個人意志的束縛。其次，藝術既源自現實，又超越現實，這就要求創造者在如實反映現實之美的同時，通過主觀感受將這種美與其審美標準相結合，從而達成創造力。這也要求人們不斷提升主觀審美能力，做到主觀和客觀的統一。最後，藝術作品的創造力來自對前人手法的繼承，並在此基礎上做出新的嘗試。這就要求創造者能夠融會貫通，同時具有超越前人的批判現實主義精神。在現實世界中，人們的創造力常常受到文化、身份、政治、制度、環境、教育等方面的限制，這些限制讓創造者無法真實認識自己，進而無法理解藝術的創造性實質，或無法產生具有創造力的作品。

二、文本說明

1. 文學文本：瑪贊·莎塔碧的圖文小說《我在伊朗長大》。❶

2. 非文學作品：節選自錢穎一文章《中國教育扼殺創造力》。❷

❶ 瑪贊·莎塔碧著，馬愛農、左濤譯，《我在伊朗長大》，生活·讀書·新知三聯書店，2010年，第306至第311頁。

❷ 參見 http://news.efnchina.com/show-123-32305-1.html，2023年2月14日瀏覽。

```
              ┌─────────────────────────┐
              │          GI             │
              │   創造力所遭受的挑戰      │
              └─────────────────────────┘
```

宗教語境下的創造力：
- 缺乏創造力產生的環境
- 來自宗教的偏見對普通個體的影響

中國語境下的創造力：
- 與教育密切相關
- 受教育理念的影響

文學文本：圖文小說
伊朗裔法籍作家瑪贊・莎塔碧《我在伊朗長大》

非文學文本：專欄文章
錢穎一《中國教育扼殺創造力》
錢穎一專著《大學的改革》第三卷・學府篇

三、結構提綱

	內容	討論要點
1	全球性問題	• 創造力的產生離不開外部環境的支持。然而，擺在藝術家或者創造者面前的卻是多重的挑戰和考驗，比如社會的偏見、嚴苛的體制、教條的文化、僵化的教育等等。
2	文本介紹	• 《我在伊朗長大》的節選內容，講述了瑪贊回到伊朗後成為一名大學生，她在上解剖學的人體素描課時因宗教的限制而不能接觸到裸體模特，最後另闢蹊徑完成了繪畫，並贏得了同伴的支持。 • 《中國教育扼殺創造力》是學者錢穎一發表在"經濟金融網"上的一篇專欄文章，作者集中筆墨對教育和創造力之間的關係進行了分析，並從中國的實際情況出發，提出中國學生所缺少的創造性可以來自哪些方面。

	內容	討論要點
3	文學文本分析	• 極簡的線條和黑白木刻風格的畫面效果，勾勒出瑪贊在人物素描課上的場景，以此表達了作者對於荒誕的模特安排抱有強烈的諷刺。 • 在構圖與人物塑造方面運用對比手法，以主人公爭取素描自由為敘事線索，表達了現實環境對人們思想的壓制，進而激發了人們的創造力。 • 在"回家"一章中，作者使用大小不同的漫畫格，呈現畢業設計作品所面對的來自正反兩極的評價，以此表達創造力所遭受的挑戰這一全球性問題。 • 作者充分利用對話框這一形式，增加了圖片以外的信息，表明代表著創造性的設計作品不僅要符合學術團體的要求，同時也受到宗教文化的制約。
4	非文學文本分析	• 文本以富有邏輯的結構和議論方式，向讀者表達了中國教育對創造力產生的影響，進而提出如何建構創造力的條件。 • 通過陳述性的判斷句句式和富有權威性的語氣，表達了其對目前教育體制內創造力環境現實的判斷，同時也從學者的角度提醒現有體制執行者重新思考"創造力"的正確含義。 •《大學的改革》第三卷·學府篇中也談到了創造力和教育之間的關係問題。 • 作者通過不斷反問和解答的方式，循序漸進地將問題的根源導向"創造力等於知識乘以好奇心和想象力"。
5	全球性問題總結與延伸	• 通過分析兩個文本，我們可以看到，創造力所受到的挑戰不僅來自社會文化、宗教思想，同時也包含著政治因素等。 • 兩個文本都能夠聯繫到這一全球性問題，它們之間的關聯對於這一全球性問題的闡釋具有一定意義。

四、範例點評

提出問題：
藝術中的創造力往往受到藝術家所在環境的各種挑戰，這一話題具有一定的普遍性。

老師好，我今天要討論的全球性問題來自 "藝術、創造力和想象力" 這個探究領域，我提出的具體問題是 "創造力所遭受的挑戰"。我之所以想要探討這個問題，是因為創造力的產生離不開外部環境的支持，尤其是藝術家所在的社會場域所提供的創新思想和改造客觀環境的條件。然而，擺在藝術家或者創造者面前的現實卻是多重挑戰和考驗，比如社會的偏見、嚴苛的體制、教條的文化、僵化的教育等等。創造力的實現能夠幫助人們不斷成長和發展，而創作力所面對的挑戰則會阻礙這個過程。

文本介紹：
《我在伊朗長大》是一部圖文小說，《中國教育扼殺創造力》則是一篇專欄文章。

我所選的兩個文本，文學文本來自伊朗裔法籍作家瑪贊·莎塔碧的圖文小說《我在伊朗長大》，而非文學文本來自學者錢穎一的專欄文章《中國教育扼殺創造力》。圖文小說《我在伊朗長大》講述了一個伊朗小女孩在伊斯蘭革命時期的成長故事。作者瑪贊以自傳的形式描寫了自己從 9 歲到 24 歲的成長經歷，反映了 1979 年到 2004 年間伊朗的社會變遷。節選片段主要講述的是，瑪贊回到伊朗之後成為一名大學生，她在上解剖學的人體素描課時因宗教因素的限制而不能接觸到裸體模特，最後另闢蹊徑完成了繪畫，並贏得了同伴的支持。《中國教育扼殺創造力》則是學者錢穎一發表在 "經濟金融網" 上的一篇專欄文章。作者集中筆墨對教育和創造力之間的關係進行了分析，並從中國的實際情況出發，提出中國學生所缺少的創造性可以來自哪些方面。

首先，我針對我的文學文本來談談我的全球性問題。

文學選段：
從漫畫的線條和木刻風格入手，結合畫面內容，討論環境對創造力的限制。

第一，作者使用了極簡線條和黑白木刻風格的畫面效果，勾勒出瑪贊在人物素描課上的場景，表達了作者對於荒誕的模特安排抱有強烈的諷刺。在選篇中，我們看到作者使用極簡的黑白色彩勾勒出一個畫室的場景，各個人物都以木刻的風格呈現出來，配合漫畫中的文字框內容，作者利用簡單的線條表現學生們不愉快的表情。這讓我們看到，哪怕是解剖課的素描，在當時那個宗教佔據道德頂端的社會語境之下，學生們的創造性也是被限制的。作者使用了四個小的漫畫格，多角度地展現了佩戴頭巾的模特其真正的形體無法被查看，而配文則略帶諷刺地表達了主人公心中的無奈。可以想象，在這樣一種充滿限制的環境中，真實的素描活動無法實現，而建立在這個基礎上的想象力更不能得到保證。由此可見，人的創造力往往會受環境的制約。

第二，作者在構圖和人物塑造方面使用了對比手法，以主人公爭取素描自由為敘事線索，表達了現實環境對人們思想的壓制，進而激發了人們的創造力，而創造力的行動和結果是人們本該被賦予的。在新的男模特被作為素描對象後，作者在構圖上特別使用了左右對比的方式，鮮明地表現了這個社會中被不同觀念左右的人對於新形式的接受程度。同時，瑪贊面向男人素描而被督學質疑的場景，也以人物對比的方式表現了持有不同道德觀點的人在素描這件事上的思想碰撞。由此可見，學生對於藝術行為的追求會受到不同觀念的挑戰。類似的對比還包括，與主人公想法一樣的一群人在主人公的努力爭取下出現在畫面中，而他們的表情刻畫再次與保守的群體產生了強烈的對比。可以看出，藝術創作的自由不僅會受到宗教文化的影響，也會受到個體偏見的挑戰。

除此之外，我們看到了文本的其他部分也對這一全球性問題有所探討。

在"回家"這一章節中，作者使用了大小不同的漫畫格，呈現畢業設計作品所面對的來自正反兩極的評價，以此表達創造力所遭受的挑戰這個全球性問題。作者首先使用整頁大小的漫畫格，較為細緻地顯示主人公畢業設計中富有創造力的細節，這種設計是以神話為原型的主題公園作品，在接下來的兩頁漫畫中，分別獲得了評審老師和德黑蘭市長兩極分化的評價。作者也充分利用對話框的形式，補充了圖片之外的信息。顯然，持有否定意見的德黑蘭市長秘書更多地從宗教角度來批評設計作品的獨創性，那些騎著神獸卻又不戴頭巾的女性形象，在其所處的社會環境中無疑會產生強烈的挑戰意味。聯繫到我的全球性問題，不難看出，具有創造性的設計作品不僅需要符合學術團體的要求，還要符合宗教文化的標準。

下面我會針對我的非文學文本來探討這一全球性問題。

首先，在《中國教育扼殺創造力》這篇專欄文章中，作者以學者的口吻，通過富有邏輯的結構和議論方式，向讀者表達了中國教育對創造力產生的影響，進而提出如何建構創造力的條件。整篇選段中，作者褒貶結合，循循善誘，從多方面呈現出教育對創造力的不同影響。作者先是肯定

通過漫畫的對比手法分析創造力會受到個體偏見的挑戰。

聯繫全球性問題。

整部作品：
從漫畫格大小所呈現意義的差別來探討，並說明對話框的使用，表明創造性會受到宗教文化標準的限制。

非文學文本選段：
從專欄文章的論證方式及結構來探討創造力在中國教育語境下的狀況。

了現今的教育策略對經濟的貢獻，然後講到教育中遏制創造的因素，提出"大而不強"的現實，進而說明"強"的根由，順勢引出創造力的來源，強調創造力是超越知識的，從而最終指出中國文化與創造力之間的互構關係。這樣的結構並不是一味地表達對於創造力遭到扼殺的負面情況，而是反思在中國語境之下，創造力在教育中的生成過程以及面臨的挑戰。聯繫題目，我們可以看到，作者確實向讀者表達了教育如何能夠更好地配合創造力的提升，而不應作為反作用遏制創造力的產生。

其次，作者多使用陳述性的判斷句句式，以富有權威性的語氣，來表達對目前教育體制內創造力環境現實的判斷，也是從學者的角度來提醒現有制度對創造力的正確理解。在選段中，無論是講述創造力的來源，還是講述傳統教育的核心，作者都採用肯定、確信的語氣。多處"是"字句的判斷句式更是加強了作者的權威性語氣，這就更能夠讓中國語境下創造力遭受遏制的情況顯得迫切。這樣的句式和手法能夠直接觸及讀者的神經，讓人們意識到教育對創造力的影響。這能夠貼合我的全球性問題。作者講到的這些挑戰，也會讓高等教育學者感到擔憂。正是這種擔憂，反映了教育者的反思對於創造力可能產生的積極影響。

作者對創造力受到挑戰的關注也體現在其他文本中。作者在專著《大學的改革》第三卷學府篇中，也談到了創造力和教育之間的問題。因為是學術專著，作者同樣使用較為學術的語氣和論證方式，從"錢學森之問"開始談起，通過不斷反問、不斷解答的方式，循序漸進地將問題的根源導向"創造力等於知識乘以好奇心和想象力"。從文本中，我們可以看出作者想要論證的一種觀點："知識就是力量"包含傳統和現代的表現形式。對當下來說，教育體制應該放更多想法在創造力和想象力的培養上。以當前社會普遍"內捲"的現狀來看，過分重視知識而忽視創造力的教育正加劇著社會的低效和資源浪費，這正是創造力所面對的阻礙，也是我今天所討論的全球性話題。

總而言之，通過對兩個文本的分析，我們可以看到創造力所受到的挑戰不僅來自社會文化，也來自政治因素。另外，從非文學文本中我們可以看到，創造力會受到教育的影響，尤其是傳統教育思想的影響。在文學文本中，作者呈現了主人公在爭取自由的過程中所遇到的帶有荒誕意味的現實，而非文學文本則以學者的口吻，呼籲社會應對創造力進行教育性的解放。兩個文本都能夠聯繫到我的全球性問題，並且這種關聯對我的全球性問題的闡釋具有一定的意義。

五、問答示例

Q1 《我在伊朗長大》這部圖文小說形式新穎，主題關於伊朗社會的變遷，其中不乏戰爭的內容。為什麼你會把它拿來作為"創造力"的討論文本？"創造力"在文本中的具體表現是什麼呢？

A1 確實，這部漫畫圖文小說主要講述的是作者在成長過程中所見識到的伊朗革命運動以及相關的社會變遷，政治、宗教等議題是這個小說關注的焦點，並以女性視角帶出伊朗這樣的宗教社會所具有的獨特的文化和價值觀。創造力這個概念看似跟小說沒有太大的關聯，但是如果進一步思考，在這樣一個充滿宗教色彩、政治動盪的社會，以主人公為代表的伊朗少女無法追逐理想，也很難在陌生的外國文化面前釋放個性。在我看來，創造力所涵蓋的自主意識和獨立思考的精神是要面對來自生存環境的挑戰的。如果要問創造力具體表現在哪裏，我個人認為，除了主人公新奇的想法，例如以神話為原型的主題公園的設計以外，還應該包括個人對於這種新奇想法的表達方式。在小說中，我們可以了解到女主人公想通過各種方式表達自己對自由的追求，不管是聽西方音樂，還是打扮新奇、擺脫頭巾的束縛。在我看來，這些平常看似並無創造力的行為和想法，其實在伊朗的社會語境之下，在女主人公所面對的環境之下，已經具有了強烈的創造力。

Q2 在非文學文本的討論中，你分析了作者對創造力和教育關係發表的觀點。在你看來，作為專家的專欄作者，他在選篇中所使用的語氣會不會對讀者的閱讀體驗帶來負面效果？或者說，他所呈現的權威性在某種程度上會不會讓這個全球性問題在表達效果上產生說教的意味？

A₂ 我的分析中確實探討了作者所使用的富有權威性的語氣，而這種語氣會因閱讀者身份的不同而產生不同的效果。事實上，作為專欄文章，作者確實以專家的身份自居，字裏行間能夠感受到他"頤指氣使"的態度。如果受眾多為決策層面的人員，那麼這種批判性語氣的主要目的就是呼籲他們在教育體制上做出改變，以此適應人才培養的需要。但對於普通受眾而言，這樣的語氣可能會造成一種說教的效果。我想這除了與作者的行文結構所造成的權威語氣相關之外，還與文本缺乏實際例子有關。作為一個批判教育體制的文本，如果缺乏不同教育體制下鮮明的例子，就比較難讓讀者找到實際的、客觀的標準，這對於這個全球性問題的呈現也就會有一些影響。當然，作為專家閱讀群體而言，作者所探討的話題應該是圈內的共識，如果能夠從相反的角度提出反駁意見，就會使得這個專欄文章更具有說服力。

Q₃ 你覺得這兩種文本形式，哪種形式對於這個全球性問題的表達更好？

A₃ 相比較而言，我覺得兩個文本各有特色，並沒有好壞之分。文學文本雖然整體而言沒有直接討論創造力，但它卻以一種新穎的形式將與創造力相關的社會和文化語境呈現出來。雖然很多人並不熟悉那樣的社會環境，但是它獨特的漫畫風格和豐富的敘事手法能夠讓讀者身臨其境，在主人公瑪贊所構建的視角下觀察一個虛構卻真實的伊朗社會，感受社會對個體造成的壓抑。這種壓抑所造成的個體創造力的缺失，讓本就缺乏意義的生活充滿無趣和彷徨，而這一切的閱讀體驗得益於作者將個人的真實經歷以文學性的手法表達出來，這也能夠讓我結合全球性問題進行分析。而非文學文本相對來說是比較常規的內容，很多關心中國教育的專家都會從創造力的角度討論中國的教育制度，而我之所以選擇這個文本，主要是它的文本形式簡單，內容也較為直接。它具有權威性的語氣，同時帶有強烈的呼籲口吻，鮮明、直接地對應了我所探討的全球性問題。總之，兩個文本各有不同，對這一全球性問題的表達也各有側重，並不能說明哪一個更好。

六、綜合點評

　　考生所關注的全球性問題富有意義，創造力是第四個探究領域〝藝術、創造力和想象力〞中相當重要的一個方面，對它進行討論有利於我們認清當代社會渴求創造力的原因，以及創造力所面對的傳統和現代的多方面約束。考生所選擇的文本符合這一全球性問題。文學文本雖然在討論整部作品時並沒有集中探討創造力，但因為個性和自由是創造力的表現形式，因此也能讓我們較為容易地看到文本中創造力所面對的挑戰。

　　在內容分析和組織方面，考生能夠恰當使用分析術語，富有邏輯地將要點和文本內容有效地結合起來，並能夠以清晰的結構進行呈現，條理清楚，富有說服力。略顯不足的地方在於討論整個文本與作品集時，內容有些單薄。在語言表達方面，考生用詞準確，語體風格符合分析語言的要求。

　　當然，考生在文學文本的選擇方面最好能夠更好地貼合〝創造力〞這一主題，這樣可以避免在探討過程中顯得角度刁鑽，或者生搬硬套，進而避免在評分標準的〝理解〞部分受到影響。

全球性問題

❶ 創造力的培養與教育的關係

❷ 傳統文化語境之下的創造力

❸ 教育視角下的美學教育缺失

❹ 社會文化對於創造力的影響

❺ 兒童群體創造力方面的缺失

❻ 傳統價值觀對創造力的扼殺

觀點：

文學作品 / 節選

細節 1

細節 2

細節 3

非文學作品 / 節選

細節 1

細節 2

細節 3

文學作品 / 選集（BOW）

其他篇章 1

其他篇章 2

非文學作品 / 選集（BOW）

其他篇章 1

其他篇章 2

總結

（呼應開頭、聯繫全球性問題）

藝 術 價 值

12

探究領域 藝術、創造力和想象力｜藝術價值

一、課題解讀

　　藝術的價值與"藝術"這個話題分不開，藝術的價值往往源於藝術家自身。針對這個話題，我們應該集中討論藝術家在現實世界的生存境況以及他們所處的環境。藝術作品往往呈現藝術家所處的語境，他們或多或少受到來自當時政治、經濟、文化等不同因素的影響，而藝術的真正價值來自藝術家對於所處時代的獨特感知。探討藝術的意義就在於幫助學生理解藝術價值的真正來源，同時考察此來源最終對藝術本身價值的影響。與之相關的一些內容應該從文學和非文學作品的呈現，及其所處的語境中找尋蛛絲馬跡，進而理解作為藝術本身的文學，以及使用相關藝術手法的非文學作品如何表達對這一話題的關注。

二、文本說明

1. 文學文本：節選自歐‧亨利短篇小說《愛的奉獻》。❶

❶ 歐‧亨利著，王永年譯，《歐‧亨利短篇小說精選》，人民文學出版社，2002 年。

　　下個星期六的晚上，喬先回家。他把他的十八塊錢攤在客廳的桌子上，然後把手上許多像是黑色顏料的東西洗掉。

　　半個鐘點之後，迪莉婭來了，她的右手用棉紗和繃帶包成一團，簡直不成樣子。

　　"這是怎麼搞的？"喬照例打了招呼後問道。迪莉婭笑了，可笑得並不十分快活。

　　"克萊門蒂娜，"她解釋說，"上了課以後一定要吃奶酪麵包。她

真是個古怪的姑娘。下午五點鐘還要吃奶酪麵包。將軍也在場。你該看看他奔去拿烘鍋時的樣子，喬，彷彿家裏沒有傭人似的。我知道克萊門蒂娜身體不好，神經過敏。她澆奶酪的時候潑翻了許多，滾燙的，濺在我的手腕上。痛得要命，喬。那可愛的姑娘難過極了！還有平克尼將軍！——喬，那老頭兒急得幾乎要發瘋。他衝下樓去叫人——他們說是燒鍋爐的或是地下室裏的什麼人——到藥房裏去買些油和包紮傷口用的東西。現在倒不十分痛了。"

"這是什麼？"喬輕輕地握住那隻手，扯扯繃帶下面的幾根白線，問道。

"那是塗了油的軟紗。"迪莉婭說。"喔，喬，你又賣掉了一幅素描嗎？"她看到了桌上的錢。

"可不是嗎？"喬說，"只消問問那個從皮奧里亞來的人。他今天把他訂的車站圖取去了；他沒有說定，可能還要一幅公園和一幅赫德森河的風景。你今天下午什麼時候燙痛手的，迪莉？"

"大概在五點鐘吧。"迪莉婭可憐巴巴地說。"熨斗——我是說奶酪，大概在那時候燒好。你真該看到平克尼將軍的樣子，喬，他——"

"先坐一會兒，迪莉。"喬說。他把她拉到臥榻上，自己在她身邊坐下，用胳臂圍住了她的肩膀。

"這兩個星期以來，你到底在幹些什麼，迪莉？"他問道。

她帶著充滿愛情和固執的眼神熬了一兩分鐘，含含混混地說著平克尼將軍；但終於垂下頭，一邊哭，一邊說出實話來了。

"我找不到學生。"她供認說。"我又不忍心眼看你拋棄你的課程，所以在第二十四號街那家大洗衣店裏找了一個熨襯衣的活兒。我以為我把平克尼將軍和克萊門蒂娜兩個人編造得很好呢，可不是嗎，喬？今天下午，洗衣店裏一個姑娘的熱熨斗燙了我的手，我一路上就編出了那個烘奶酪的故事。你不會生我的氣吧，喬？如果我不去做工，你也許不能把你的畫賣給那個皮奧里亞來的人。"

"他不是從皮奧里亞來的。"喬慢吞吞地說。

"打哪兒來的都一樣。你真行，喬——吻我吧，喬——你怎麼會懷疑我不在教克萊門蒂娜的音樂課呢？"

"在今晚以前，我始終沒有起疑。"喬說。"今晚本來也不會起疑的，可是今天下午，我替樓上一個給熨斗燙壞手的姑娘找了一些機器房的油和廢紗頭。兩星期來，我就在那家洗衣店的鍋爐房燒火。"

"那你並沒有 ——"

"我的皮奧里亞來的主顧，"喬說，"和平克尼將軍都是同一藝術的產物 —— 只是你不會把那門藝術叫做繪畫或音樂罷了。"

他們兩個都笑了。喬開口說：

"當你愛好你的藝術時，就覺得沒有什麼犧牲是 ——"

2. 非文學作品：訪談類節目《十三邀》第六季第三期《許知遠對話何多苓·天生是個審美的人》（27 分 47 秒至 29 分鐘 03 秒）。❶

❶ 參見下方二維碼：

何多苓：

學校因當時正好全國美展，恢復了，最早是青年美展，全國，然後學校就動員我們學生都可以參加創作，去參加這個展覽。那學校的動員是怎麼說的？……

思維導圖

GI
社會環境對於藝術家生存狀態的影響

西方語境下：
工業化階段的藝術家生活貧苦，在資本主義社會賤賣才能。

東方語境下：
不同社會階段的藝術家受到壓抑，政治訴求影響藝術家的表達。

文學文本：小說
歐·亨利《愛的奉獻》《最後的常青藤葉》

非文學文本：訪談節目
《十三邀》第六季第三期《許知遠對話何多苓》

三、結構提綱

	內容	討論要點
1	全球性問題	• 在現今資本當道的社會環境下，藝術家群體會受到諸多影響，其中包含對藝術家身份和藝術品價值的影響。
2	文本介紹	• 文學文本《愛的奉獻》主要講述了一對貧窮但熱愛藝術的夫妻，為了支持對方的藝術夢想而互相隱瞞各自所做的苦力工作。選段是他們對彼此的袒露，他們對彼此說出了各自所做的工作。 • 非文學作品選擇的是訪談類節目《十三邀》第六季第三期節目，節目內容是媒體人許知遠與藝術家何多苓的對話。節選部分講述的是何多苓回憶大學畢業時所辦的全國青年畫展，當時因自己的作品缺乏故事情節而落選的故事。
3	文學文本分析	• 大段的語言描寫，呈現了身為藝術家的夫妻二人彼此坦白他們默默從事的體力勞動，從側面表現了生活的窘境給這對藝術家的生活狀態造成的深刻影響。 • 文中包含許多隱喻詞語，用於表現主人公在面對窘迫的生活時所堅持的對藝術的追求和夫妻對彼此的關愛。這種堅持同時也隱含著來自社會環境的辛酸。 • 在《最後的常青藤葉》中，作者以諷刺、幽默的語言對一個老藝術家貝爾曼進行了外貌描寫，這與他的實際處境產生了反差和對比，以此凸顯當時的社會語境對於藝術家群體造成的普遍消極的影響。 • 《咖啡館裏的世界主義者》中作者對咖啡館的環境描寫，說明了音樂早已失去了其美學價值，只淪為消遣娛樂的工具。
4	非文學文本分析	• 自由和明亮的訪談背景，能夠營造一種輕鬆自在的訪談氛圍，在訪談畫面中穿插黑色背景的作品展示，在明暗對比中凸顯藝術家所處語境與當時作品所處語境的反差，以此反映社會環境對藝術家及藝術作品的影響。

	內容	討論要點
4	非文學文本分析	• 通過展現受訪者的個體回憶，以此來向讀者展示事件的參與者如何以第一人稱視角敘述社會環境對於藝術家及其藝術作品所產生的影響。 • 作者剪輯了訪談者在訪談之前的獨白，表現出受訪者身上所具有的獨特氣質，在正式的訪談中挖掘受訪者的現實經歷和面對現實變革的態度，深入探索了受訪者的個人經歷對藝術風格的影響。
5	全球性問題總結與延伸	• 文學文本和非文學文本分別從不同側面呈現了這一全球性問題。 • 現實生活在很大程度上塑造了藝術家的審美意趣和審美條件，而藝術家本身的價值無不依附在現實環境之中。

四、範例點評

　　老師好，今天我想要做的口頭報告是關於 "藝術、創造力和想象力" 這個探究領域的。我具體的全球性問題是：社會環境對於藝術家生存狀態的影響。我之所以選擇這個全球性問題，是因為在現今資本當道的社會語境下，藝術家群體受到了社會環境的深刻影響。深刻理解其中的相關內容，可以幫助我有目的地對藝術價值的真正來源進行考察，從而對全球範圍裏藝術領域中的藝術家群體所面對的現實問題有更深入的理解。

　　我所選擇的文學文本是《歐·亨利短篇小說精選》中的一篇短篇小說《愛的奉獻》，它主要講述了一對貧窮但熱愛藝術的夫妻，為了支持對方的藝術夢想而彼此隱瞞，做與藝術毫不相關的苦力工作。選段則是他們的彼此告白，說出了他們各自在忙的工作，最終以一個溫馨的結局結束整個故事。我的非文學作品選擇的是訪談類節目《十三邀》第六季第三期的節目，節目內容是媒體人許知遠與藝術家何多苓的對話。整個訪談過程是針對何多苓的藝術生涯和不同時期的藝術創作經歷展開的。節選部分講述的是何多苓回憶大學畢業在辦全國青年畫展時，因自己的作品缺乏故事情節而落

提出問題：
藝術家的生存狀態會影響他們對於藝術價值的發揮。

文本介紹：
分別介紹兩個作品及選篇的文本內容。最好可以聯繫到全球性問題。

選的故事。

　　首先，我要針對我的文學文本對這個全球性問題進行討論。

　　第一，在這個文學作品選段中，作者使用了大段的語言描寫，呈現了身為藝術家的夫妻二人彼此坦白他們默默從事的體力勞動，從側面表現了生活的窘境給這對藝術家的生活狀態造成的深刻影響。選段一開頭是女主人公迪莉婭對當天下午所發生的事情編造的說辭。大段的語言描寫，成功表現了受傷的迪莉婭為了努力平復喬的擔心而不斷解釋。隨著對話的深入，作者最終讓兩個互相關愛的夫妻彼此坦白，說出了他們各自默默在做的事情，這樣的一種情節設置從側面反映了作為藝術家的迪莉婭和喬不得不為了生計而犧牲對藝術的追求：一個做了熨衣工，一個做了鍋爐工。這些與藝術不搭邊的工作，雖然維持了生計，但同時也在消磨兩人對藝術的熱情。

　　第二，選段中包含許多隱喻詞語，用於表現主人公在面對窘迫的生活時所堅持的對藝術的追求和夫妻對彼此的關愛。這種堅持同時也隱含著來自社會環境的辛酸。選篇中，喬話語中的“皮奧里亞來的主顧”和“平克尼將軍”分別指代喬和迪莉婭口中編造的人物，這兩個被虛構出來的人物實際上具有隱喻性，兩者都代表著社會上層。而喬接下來口中所說的這兩個人都是“同一藝術產物”，表達了身為藝術家的主人公在尷尬的處境下對善意謊言的諒解，更表達了他們藝術性的想象力，而這種想象力在貧窮的現實面前變成聊以自慰的說辭，凸顯了藝術在當下的窘境。現實影響著藝術家藝術事業的可能性，但他們卻通過相互隱瞞延續著對想象力的堅持。這種堅持充滿著辛酸，這呼應了我的全球性話題。

　　在《歐·亨利短篇小說精選》的其他作品中，也能看到作者對於這個問題的探討。

　　在《最後的常青藤葉》中，作者以諷刺、幽默的語言對一個老藝術家貝爾曼的外貌進行了描寫，這與他的實際處境產生了反差和對比，以此凸顯當時的社會語境對於藝術家群體產生的普遍消極的影響。作者極盡幽默地將他的鬍子比作“米開朗基羅的摩西塑像的鬍子”，將腦袋比作“薩蒂爾似的腦袋”，將身體比作“小鬼般的身體”，這樣一副富有藝術家氣質的形象，與接下來的敘述形成鮮明的反差。一個“耍”字形象地揭露出貝爾

文學選段：
根據小說的基本手法，結合文本內容進行分析。

從隱喻的手法論述藝術家所面對的窘境。

聯繫全球性話題。

整部作品：
《最後的常青藤葉》中，老藝術家的形象體現了這一全球性問題。

126

曼的繪畫生涯，而"失意"則透露著些許辛酸，"藝術女神"的比喻則一下子把他的生存狀態與他的繪畫理想區隔開來。從他從事的工作中可以看出，他雖有夢想，卻不得不靠著出賣技藝來賺取微薄的收入。從中可以看出，在那樣一個資本社會，藝術家無法憑藉自身的才能尋求穩定的生存環境，這就與我所選擇的全球性話題直接相關。

而在另一篇作品《咖啡館裏的世界主義者》中，作者描述了當時巴黎咖啡館的模樣，咖啡館裏"樂隊演奏的音樂聰明地迎合各類喜好，肆意篡改原作曲家的構思"。在這裏，藝術早已淪為了娛樂消遣的陪襯。小說中的咖啡館裏，當樂曲"結尾響起的是《狄克西》，剎那間，幾乎每張桌子都掌聲雷動，淹沒了曲子的令人興奮的音符"。我們從中可以看到作者通過反襯手法，表現出這首曲子受歡迎的程度。但同時我們也看到，藝術的價值在這裏已經成為一種鼓動人們情緒的工具。

下面我要針對的我非文學文本來探討這個全球性話題。

首先，在選段中，我們看到作者在訪談畫面中穿插黑色背景的作品展示，在明暗的對比中凸顯藝術家所處語境與當時作品所處語境的反差，以此暗含著社會環境對藝術家及藝術作品的影響。在訪談過程中，穿插進來的作品背景是黑色的，作品畫面停留了比較長的時間，這打斷了訪談的連貫性，潛移默化地將讀者的關注點拉回到作品創作時所處的語境中。黑色背景的烘托加強了作品的時代感，而結合訪談內容，我們可以看到，作品會受到所處時代價值判斷的影響，包括政治、文化等因素。這個文本的呈現方式讓現實和歷史產生了交流，從中可以反映我所探究的全球性問題。藝術家所處的時代往往會被環境所限，從而影響作品的表達。其作品也有不同層面的意義，只有受到政治等因素青睞的藝術作品方能脫穎而出，產生一個時代的影響力。

其次，在訪談的內容上，該文本主要截取受訪者對那個時代回憶的話語，以此來向讀者展示作為參與者的第一人稱視角如何敘述社會環境對於藝術家及其藝術作品所產生的影響。通過受訪者的自白，我們不難發現，他以幽默的語氣記述了那個時代舉辦全國美展的經歷。他說當時參展作品的要求是"所有的畫都得有故事啊，都得有個情節，都得有個想法"。這看似平靜的敘述語氣，卻將當事人心裏的不平靜、不理解，卻也無可奈何

聯繫全球性話題。

非文學文本選段：
訪談場景與作品穿插，營造出現實與歷史交流的效果，將環境對藝術家的限制凸顯出來。

聯繫全球性話題。

從腳本台詞入手，間接表露出藝術會受到政治因素的影響。

聯繫全球性問題。

127

的心態展露地一覽無遺。受訪者還對比了自己與同學羅中立的創作差異，在輕鬆的語氣中表露出藝術受到政治敘事檢驗的現實情況。這也關聯到了我所探究的全球性問題。可以看出，這段訪談一方面印證了受訪者不受約束的創作風格，一方面也讓觀眾窺探了當時時代的政治印記，這種政治訴求分化了藝術家的創作成就，同時也在無形中佔據了藝術作品本身的表意空間，這種與藝術風格不搭邊的政治要求也削弱了藝術作品實際的美學價值。

與此同時，訪談中的其他部分也體現著這一全球性問題。

整部作品：
從節目的開頭、訪談導入的方式，探究藝術家所面對的環境情況。

在節目的一開始，作者剪輯了訪談者在訪談之前的獨白。他坦言現實對夢想空間的壓縮，並以此引出受訪者身上所具有的獨特氣質。接著，在正式訪談中，訪談者從"最大的挫折感是什麼"挖掘受訪者的現實經歷和面對現實變革的態度。這樣的訪談形式，能夠在輕鬆的氛圍中深入探索受訪者個人經歷對藝術風格的培養歷程及其對藝術的態度，這與他所處的生長環境形成了鮮明的對比。顯然，社會環境確實會給藝術家產生或多或少的影響，無論是正面的接受，還是負面的抗拒，這些都會深深地烙印在藝術家的心裏，並反映在作品之中。藝術家在把握當下現實的同時，也有逃避現實的自由，這些最終都會轉化在他的作品中，給後人提供無形的財富和啟示。

此外，這個訪談也穿插了受訪者實際的生活畫面，無論是簽書會還是與好友的酒會宴請，這樣的處理加強了藝術家的現實感，並與其回憶產生了鮮明的邏輯關係，凸顯了藝術家個人的成長經歷對現實藝術探索的影響，而其成長經歷無不與他不同階段的成長環境產生聯繫。

總結：
概括兩個文本在表現這一問題的手法，並對此進行了延伸。

綜上所述，文學文本和非文學文本分別從不同側面呈現了我的全球性問題。文學文本使用小說技巧與風格，塑造落魄的藝術家群體，以此來反映他們所處的時代和環境對他們的藝術創作所產生的消極影響。而非文學文本則通過訪談節目的方式，記錄和反映受訪者現實的藝術風格與過往經歷的聯繫。不管是哪種影響，現實生活在很大程度上塑造了藝術家的審美意趣和審美條件，而藝術家本身的價值無不依附在現實環境之中，只是終究要有逃離此境的信念方能在藝術創作中找到自由和美好，這也十分契合我所探討的全球性問題。

五、問 答 示 例

Q₁ 歐・亨利小說最突出的特徵是出人意料的結尾,在你的文學文本選段中,是否也體現了這種"歐・亨利式的結尾"呢?這種結尾對於表達你所選擇的全球性問題有怎樣的幫助?

A₁ 我所選擇的段落其實就是《愛的奉獻》結尾處的段落。在這個段落裏,作者明顯地使用了獨特的出人意料的結尾。與文章前半部分兩人相愛的內容相比,結尾處的情節安排讓讀者大跌眼鏡,原來對藝術如此熱愛的兩個人,相愛之後竟然彼此隱瞞,靠各自的勞力來賺取生活費用。這樣的結局安排一方面讓讀者動容,為他們犧牲自我和同甘共苦的精神所打動,另外一方面它也合情合理,前面的敘述鋪墊讓這樣的結局自然發生,讓我們感受到作者文章構思和佈局的巧妙。聯繫到我的全球性問題,我覺得這樣的結尾能夠很好地表現藝術家所面對的生存環境。從文章前半部分可以看出世俗觀念中的藝術家相愛之後的場景。主人公喬和迪莉婭在畫室相遇,彼此相愛,一起討論著與藝術相關的內容。在故事發展的過程中,我們看到了他們二人將自己的家裝飾成一個以藝術為伴的環境,充分體現了在當時的社會中,藝術家們對於藝術的追求。接著,兩人為了維持生計,彼此都選擇欺騙對方,憑藉自己的藝術技能來謀生,最後的結局是兩人彼此坦白。這樣出人意料的結尾也讓讀者意識到,原來看似光鮮的藝術家群體也有階級差別,兩位藝術家所面對的社會環境無法讓他們通過對藝術的追求實現理想的生活,而這樣彼此犧牲的愛意看起來又如此讓人感到辛酸。

Q₂ 非文學文本是一個視頻訪談節目。在你看來,除了畫面和受訪者的話語可以分析之外,採訪者在其中的作用是怎樣的?這對於你的全球性問題有沒有幫助?

A₂ 在許知遠的訪談節目中,作為學者的他更想要跟受訪者之間建立一種輕鬆的談話氛圍,從而在具體的對話中慢慢進入談話的中心。這就是為什麼在他的節目中,我們看到採訪前,鏡頭只聚焦在許知遠身上,通過他的獨白表達自己對受訪者的固有印象。這樣的獨白也穿插在整個節目中，讓觀眾看到採訪者許知遠其實也在訪談的過程中有所反思和收穫。不僅如此，節目也會把許知遠和受訪者一起吃飯、喝酒的鏡頭穿插在正式的訪談中。由此我們也看得出，採訪者在這個節目中除了有引導作用之外，也在以觀眾的視角窺探受訪者的深層思考。這就讓整個採訪看似鬆散，但能夠在整個採訪後形成一個深刻的觀點，這就是採訪者所起的作用。那麼對於全球性話題的幫助，我覺得還是有的，尤其是採訪者的獨白能夠加深讀者對於受訪者經歷的理解，而在這個文本中，我們看到作為藝術家的受訪者其實經歷了複雜的社會環境變化。而採訪者許知遠試圖以局外人的視角窺探那段經歷，試圖發掘藝術這個領域在當時經歷了怎樣的約束和限制，而藝術家又如何通過個人的品質來突破這種約束。這些都能在他的獨白中找到。

Q3 你的口試內容一直在談論社會環境對於藝術家生存狀態的影響，你認為藝術家是有價值的，那麼在你看來，藝術家的價值到底體現在哪裏？在兩個文本中是怎麼體現的？

A3 藝術家的價值有很多層面，最重要的層面就是為社會提供富有意義的獨特視角和美的範例。所以說，一個尊重藝術家的社會，它的包容性會很強，價值觀也富有多樣性，人們也會產生對美的嚮往。藝術無法解決實際的社會問題，但是他們的存在代表的是一種特立獨行的思考和感受，這是社會中不可缺失的。作品中，主人公對美的追求實際上超越了法律和道德。在歐·亨利小說中，我們看到了很多藝術家形象，但是他們都生存在資本主義社會，在那樣一個貧富差距很大、階級分化嚴重的社會中，藝術家也淪為了資本的工具，受到了來自世俗價值觀的裹挾，不得自由，也無法追求自己的幸福生活。而在許知遠的訪談中，我們也看到藝術家群體受到的來自社會和政治語境的影響，而藝術家本身堅定的意志和信念能夠很好地抵禦這種影響，最終實現他們對於美的表達需求，並以此感染著普通大眾。

六、綜合點評

　　考生對於藝術及藝術家價值的思考較為深入，並能夠結合文學文本和非文學文本，較為深刻地探討它們與這個問題的關係。考生文本的選擇也比較合適。考慮到這個話題的難度，文本選擇也相對不太容易，這就要考查考生的理解能力，總體來說，考生具有不錯的理解能力。

　　考生的分析思路也比較清晰，只是與全球性問題的聯繫部分可以有更多方面的探討，使討論更具廣泛性。口試的語言組織和材料組織也非常嚴密，在選文與整部作品的平衡性方面做得可圈可點。

　　關於藝術的探究領域，一般考生很難結合相應的作品來探討，因為一來不太了解以藝術為主題或者涉及藝術話題的文學文本，二來藝術又是一個考生較少選擇修讀的學科。相關課題方面的文學文本，可以考慮毛姆的《月亮與六便士》、歐文·斯通的《渴望生活》等。語言與文學這個科目最重要的作用是幫助學生建構起對語言的實用性和對文學藝術性的理解，而口試恰恰是需要語言和文學相融合的考察項目。從這一視角出發，個人口試其實能夠很好地探究廣義的"藝術"主題。

全球性問題

❶ 藝術對社會的貢獻

❷ 藝術的啟蒙與教育

❸ 不同語境下的藝術發展

❹ 資本對藝術的影響

❺ 藝術與社會價值觀

❻ 美的定義與世界觀

觀點：

文學作品 / 節選

細節 1

細節 2

細節 3

非文學作品 / 節選

細節 1

細節 2

細節 3

文學作品 / 選集（BOW）

其他篇章 1

其他篇章 2

非文學作品 / 選集（BOW）

其他篇章 1

其他篇章 2

總結

（呼應開頭、聯繫全球性問題）

第五章
科學、技術和環境

13 自然環境

探究領域 科學、技術和環境｜自然環境

一、課題解讀

　　人與自然的互動關係延續至今，從未間斷。遠古時期，人類從自然中獲取食物，進而建立起強大而牢固的部落和族群。在農業社會，人類開始掌控作物的耕種和畜牧的養殖方法，從而部分擺脫了自然的束縛和限制。到了工業社會，人類開始想要擺脫自然界的征伐，於是大肆破壞自然環境，從中攫取大量資源，讓自然和環境承受著前所未有的災難。然而，作為自然界的一部分，人類仍然受制於自然界的不同方面，例如自然災害、突發的病毒傳播等。新型冠狀病毒就是一個例子，它讓人類重新開始思考自己與自然的關係。再加上全球暖化日趨嚴重，人類面臨種種自然危機。因此，與人類活動息息相關的自然環境問題的不斷湧現，讓人們不得不面對新的危機，並從中找尋應對之策。文學文本和非文學文本中關於環境問題的討論或許會給我們一些啟發。

二、文本說明

1. 文學文本：節選自加繆《鼠疫》第二章。

> 　　大致上就在這一時期，城裏的人開始擔心了。因為，從十八日起，從工廠和倉庫中清除出了好幾百隻死老鼠。在有些情況下，人們不得不把臨死抽搐時間過長的老鼠弄死。而且，從城市的外圍地區到市中心，凡是里厄醫生所經過的地方，凡是有人群聚居的地方，成堆的老鼠裝在

垃圾桶中，或者一連串地浮在下水道裏有待清除。晚報自那天起抓住了這樁事情，責問市政府是否在準備行動，考慮採取什麼緊急措施來對付這一令人厭惡的現象，以保障市民的健康。可是市政府根本沒有打算，也根本沒有考慮過什麼措施，只是先開了一次會進行討論。滅鼠所奉令每天一清早就收集死老鼠，收集後，由該所派兩輛車子運往垃圾焚化廠燒毀。

然而此後幾天中，情況嚴重起來了，撿到的死老鼠數目不斷增加，每天早上收集到的也越來越多。第四天起，老鼠開始成批地出來死在外面。牠們從隱匿的屋角裏、地下室、地窖、陰溝等處成群地爬出來，搖搖晃晃地走到光亮處躊躇不前，在原地打上幾個轉，最後就死在人的腳旁。到了夜裏，在過道中或巷子裏都可以清晰地聽到牠們垂死掙扎的輕聲慘叫。在郊區的早晨，人們見到牠們躺在下水道裏，尖嘴上帶著一小塊血跡。有些已腫脹腐爛，有些直挺挺地伸著四肢，鬚毛還直豎著。在市區可以在樓梯口或院子裏見到一小堆一小堆的死老鼠。也有的孤零零地死在市政大廳裏，學校的風雨操場上，有時還死在咖啡館的露天座位中間。使城裏的人驚愕不止的是在市區最熱鬧的地方也能發現牠們。武器廣場、林蔭大道、海濱馬路，一處接著一處遭到污染。儘管人們一清早就把死老鼠打掃乾淨，但是牠們在白天又越來越多地在市內出現。不少夜行者在人行道上行走時，腳下會踏到一隻軟綿綿的剛死不久的老鼠。就彷彿負載我們房屋的大地正在清洗牠的體液，讓直到現在為止在牠內部作祟的瘡癩和膿血，升到表面來發作。看一下我們這座小城市的驚愕心情吧！直到那時為止它還是安安靜靜的，幾天之內就大亂起來，就像一個身體健壯的人，他那濃厚的鮮血突然沸騰，造起反來。

事態發展得愈來愈嚴重，朗斯多克情報資料局（搜集、提供各種題材的情報資料的機構）在義務廣播消息中報道，僅僅在二十五日一天中收集和燒毀的老鼠就達六千二百三十一隻。這個數字使人對市內每日在眾目睽睽之下發生的事情有了一個清楚的概念，它更加劇了人們的慌亂。在這以前，人們的心情不過是對一件令人厭惡的偶然事件有所抱怨。如今卻發覺這個尚不能確定其廣度、又找不到其根源的現象具有某種威脅性了。只有那個患氣喘病的西班牙老頭兒仍舊搓著手重複地說：

"牠們出來了，牠們出來了。"他說話時露出一副老年人興致勃勃的神情。

到了四月二十八日，當情報資料局宣佈收集到八千隻左右的死老鼠時，人們的憂慮達到了頂峰。有人要求採取徹底解決的辦法，有人譴責當局，還有些在海濱擁有房屋的人已經在談論躲到哪裏去的打算。但到了第二天，當情報資料局宣稱這個怪現象已突然停止，滅鼠所撿到的死老鼠數目微不足道時，全城才鬆了口氣。

2. 非文學作品：2003 年 10 月香港特別行政區嚴重急性呼吸系統綜合徵專家委員會報告《汲取經驗，防患未然》"引言和背景"部分第 5 至第 6 頁。[1]

❶ 參見 https://www.sars-expertcom.gov.hk/sc_chi/reports/reports.html，2023 年 2 月 14 日瀏覽。

思維導圖

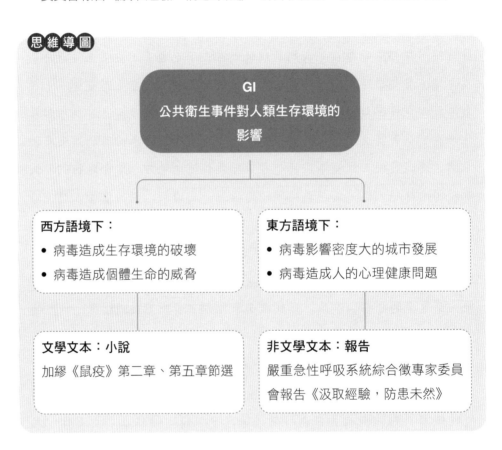

GI
公共衛生事件對人類生存環境的影響

西方語境下：
- 病毒造成生存環境的破壞
- 病毒造成個體生命的威脅

東方語境下：
- 病毒影響密度大的城市發展
- 病毒造成人的心理健康問題

文學文本：小說
加繆《鼠疫》第二章、第五章節選

非文學文本：報告
嚴重急性呼吸系統綜合徵專家委員會報告《汲取經驗，防患未然》

三、結構提綱

自
然
環
境

	內容	討論要點
1	全球性問題	• 起源於自然的病毒作用在人類身上，進而潛移默化地影響人類的行為模式和對生存環境的塑造。
2	文本介紹	• 《鼠疫》選段講述的是鼠疫爆發初期，街道和社區所發生的場景，表現出人們的恐慌情緒。 • 2003 年 10 月，香港特別行政區嚴重急性呼吸系統綜合徵專家委員會報告《汲取經驗，防患未然》選篇將重點放在該傳染病所產生的綜合影響以及對香港地區的影響部分。
3	文學文本分析	• 有聚焦的第三人稱視角，描述了奧蘭城在鼠疫發生之前被緊張的氣氛所籠罩，以此展現公共衛生事件發生之前人類生存環境所發生的改變。 • 通過對不同人的描寫，表現鼠疫到來之前周圍環境的緊張氛圍。 • 在小說的第五章節中，作者通過里厄的回憶，採用追溯法，大篇幅地反思了鼠疫給環境帶來的影響。
4	非文學文本分析	• 列數字的方法讓報告更具有理據性，從中反映出與自然密切相關的病毒如何影響人類及環境。 • 這份報告條理清晰地說明了疫情對香港社會造成的影響，這不免讓人思考，城市是不是人類生存的理想環境。 • 報告的第十六章中，調查者通過舉例，逐一列述了這場疫情對社區的衝擊和遺留的影響。
5	全球性問題總結與延伸	• 兩個文本在表達這一全球性問題時各有特色。 • 人類時刻會受到病毒的威脅，人類的生存環境在城市化進程中也發生了許多變化，這讓我們不得不重新反思人與自然環境的關係。

老師，您好！今天我要跟您一起探究的課題是：科學、技術和環境。具體要探討的問題是：公共衛生事件對人類生存環境的影響。我之所以選擇這個全球性問題，是因為最近這幾年，新冠疫情肆虐，導致人類的生存環境發生了根本性的變化。而在人類歷史上，曾發生過很多類似的公共衛生事件。這些事件大多起源於自然界，然後作用在人類身上，進而潛移默化地影響了人類的行為模式和對生存環境的塑造。人類作為環境的一部分，一方面受制於環境的影響，另一方面也不得不調整與環境的相處模式，這在很大程度上影響著我們的現在和未來。

我選擇的文學文本選自《鼠疫》，是由法國文學家阿爾貝·加繆所著的長篇小說。書中詳細記述了發生在北非奧蘭城的鼠疫對當地人生活的影響，以及主人公里厄如何抗擊鼠疫並獲得勝利。選段講述的是鼠疫爆發初期，街道和社區所發生的場景，表現出人們的恐慌情緒。我的非文學文本來自2003年10月香港特別行政區嚴重急性呼吸系統綜合徵專家委員會報告《汲取經驗，防患未然》，報告是針對發生在香港的嚴重急性呼吸系統綜合徵的總結，同時以此為經驗，對未來潛在的風險提供借鑒。選篇著重討論了該傳染病產生的綜合影響，以及對香港地區的影響。

首先，我會針對文學文本對這個話題進行討論。

在選段中，作者以有聚焦的第三人稱視角描述了奧蘭城在鼠疫發生之前緊張的氣氛，以此展現公共衛生事件發生之前人類生存環境的變化。選段通過主人公里厄的視角，向讀者細緻描述了奧蘭城多地老鼠死亡的景象，這些地方包括工廠、學校、城市街角、下水道等等。作者對老鼠死亡場面的描寫直接且精細，以此營造風雨欲來的氛圍，而這種環境的營造也凸顯了鼠疫肆虐前對人類生存環境造成的影響。這種影響包括給鼠群帶來的衝擊，和對人類生存造成的影響。

此外，在選段中，作者通過對不同人的描寫，表現鼠疫到來之前周圍環境的緊張氛圍。在選段第二段結尾，作者採用擬人的手法，寫出人們在人行道行走時踩到老鼠屍體所產生的心理感受，無論是"體液"、"瘡癤"，還是"膿血"，都採用了比喻手法寫出人們面對這種災難時感受到的來自環境的惡劣變化。選篇第三段中，作者用了心理描寫，寫出了人們心情受到的影響，而西班牙老頭的語言描寫，則以一種病態反應側面說明了人們對於鼠疫要到來時的恐怖心理。第五段的人物細節描寫，則深刻揭示了鼠疫對人造成的影響，看門人米歇爾已經 "痛得厲害"，鼠疫對人類生存環境的改變已經從公共空間蔓延到了個體生命之中，而恐怖情緒也在不斷蔓延。

在這部小說中，我們還在其他地方看到了關於這個全球性問題的討論。在小說的第五章中，作者通過里厄的回憶，採用追溯法，大段落地反思了人類曾經面對的鼠疫給環境帶來的影響。其中 "雅典受鼠疫襲擊時連鳥兒都飛得無影無蹤"，而 "馬賽的苦役犯把血淋淋的屍體堆入洞穴裏"，"普羅旺斯省為了阻擋鼠疫的狂視而築起了高牆" 等等，這些看得見的環境變化無一不是因為鼠疫而產生的，而這些變化不僅改變了人類的生存環境，也深刻威脅著人類的心理狀態。它們又促使人們通過築牆、燒屍等改造和影響環境的方法來抵禦這種無端的疫情，無形中也給人類命運蒙上了痛苦的陰影。

整部作品：
從整部作品中找出鼠疫對人類環境產生的影響。

下面我要針對我的非文學文本對這個全球性問題進行討論。

首先，在這個報告選段中，作者使用了列數字的方法，讓報告更具有理據性，進而從概況中反映出這種與自然密切相關的病毒如何影響人類及其環境。在選段的第一頁，作者採用數據框的形式列出了疫情一年來的感染和死亡總人數。這樣的直觀數據，一方面能夠讓讀報告的人印象更加深刻，另一方面也清晰地表明了該疫情對於全球人類健康的嚴重威脅。這一起突如其來的疫情不僅讓人們措手不及，同時也帶來了死亡的後果。在人類與自然的相處過程中，突發的疫情不僅對人類的生存權利造成威脅，而且還不同程度地影響著像香港這樣人口密集城市的生存環境。

非文學文本選段：
從報告呈現信息的方式來找尋證據。

聯繫全球性問題。

其次，本報告條理清晰地說明了疫情對香港社會造成的影響。在選篇第一頁的概覽中，報告者除了通過數據概括了全球因疫情而死亡的人數之外，也比較了疫情對不同年齡層人群的不同影響。在 "香港的綜合疫情" 部分，作者說明了疫情下香港的處境，首先就是跨國的旅行人員，而緊接著醫護界、經濟環境、就業以及學童上學等方面在疫情災難前也受到影響，最後是控制疫情的難度非常巨大。總的來說，這部分的調查內容以逐條列述的方式，呈現了疫情帶來的影響，這也說明了在現代社會，尤其

從信息的表述方式來看其中跟話題相關的內容。

聯繫全球性問題。

整部作品：
從疫情對生存環境的影
響，轉到疫情對人心理方
面的影響。

總結：
二者在表達這個全球性話
題的獨特之處，並延伸
探討這個話題與現實的
意義。

像香港這樣的人口密集型城市，無可避免地會受到此類公共衛生事件的影響。這也不免讓人思考城市是不是人類生存的理想環境。

報告的其他部分也體現了對這一全球性問題的討論。在報告第十六章中，調查者通過舉例，逐一列述了這場疫情對社區的衝擊和影響。這些例子被放置在方框中，同時以"所聽所聞"作為標題，這種從實際場景中提取出的具體事例雖然隱藏了真實個體，但具有一定的普遍性，無論是"患者和家人受到歧視"，還是"沒有給綜合徵接觸的病人提供心理輔導"，這些都是無據考證但又實際存在的情況，也印證了在公共衛生事件下，人們的心理環境被普遍忽視的情況。疫情對於人類社會的影響不僅包括生存環境的變化，還考驗著人類的心理承受能力以及彼此的關係，這也很好詮釋了我的全球性問題。

總的來說，在文學文本中，作者更希望從一個有聚焦的第三人稱視角，向讀者還原鼠疫來臨之前，人們生存的環境受到了怎樣的影響，而非文學文本則通過調查報告的方式，向受眾有理據地闡釋該呼吸綜合徵對具體地區以及當地人們生活和心理產生的影響。事實上，自然界的病毒本身就與人類共存，人類時刻會受到它們的威脅。人類社會在經歷城市化進程後，生存環境雖已不同往日，但威脅似乎帶來了更為嚴峻的挑戰，以至於我們不得不重新反思人和自然環境的關係。當然，兩個文本並沒有從這個角度來探討這個問題，不過，我想留給人類的時間似乎不多了，能夠意識到這種公共衛生事件對我們生存環境的影響已經足夠促使我們改變當前的做法，從而沉著應對危機。

五、問答示例

Q1 在你的文學文本分析中，你提到"有聚焦的第三人稱視角"，那麼在你看來，作者為何要用這樣的特別的視角來寫這部小說？

A1 所謂有聚焦的第三人稱視角，實際上是整體運用第三人稱來敘事，但是敘事視角會聚焦在某一個人身上，看似是藉助這個人的視角來復述這個故事，但通過閱讀整部小說，我們會發現，小說的主人公里厄實際上就是寫這部小說的人。我覺得作者之所以選擇這樣的視角，主要是想讓整部小說顯得更加客觀真實，但又不失溫度和觀點。第三人稱視角容易呈現不同人物的性格特徵，對於宏觀場面的描寫更有效果。我們看到《鼠疫》這部小說不只里厄一個人物，其中每一個參與到抗疫救援的人物都是英雄。但因為作者又不希望把這部小說寫成一個歌功頌德的小說，所以他冷靜的思考表現在他聚焦的視角。將視角聚焦在里厄身上，更有助於讀者從事件參與者的角度去觀看整個群像，不至於被作者的觀點所誤導。同時，藉著里厄的視角，我們又能夠真實地體會不同人物在面對疫情時所表現出的自我犧牲的精神，這就是為什麼作者會用這樣一種特別的視角寫作的原因。

Q2 那麼你為什麼會選擇報告這樣一個非文學文本類型？

A2 首先，相對於其他文本類型，報告具有總結性，呈現的手法也更加多元化。就如我選擇的這個報告，實際上是非典疫情發生過後，香港社會針對它而進行總結，最終呈現給相關部門和群體看的，目的是想要避免此類事件再次發生時造成的嚴重後果。因為是報告文體，所以其中的內容也是經過細緻考證和選取的，呈現的方式也很多，像舉例子、列數據、畫圖表等等，這便於受眾很快地提取信息，抓住重點。這也是我選擇報告文體的原因之一。另外，這個報告的內容與我的全球性問題直接相關，並且相比較其他文體類型，這個報告多方面地展現了病毒對於香港社會的影響，不只是個體生命，還有個體心理、經濟、人口流動等等，因此我選擇了這樣一個文本類型。

Q3 在你看來，通過對這個全球性問題的準備和呈現，你在這個問題上的思考有沒有受到進一步的啟發？

A3 要說啟發，我想《鼠疫》這本小說應該是有的。在我沒有讀《鼠疫》之前，我也經歷過像這幾年所發生的新冠大流行，但是我對於這個話題的認知只源自不同的媒體報道，這些信息也多有衝突和矛盾的地方。這讓我覺得，瘟疫確實加劇了人類的生存危機，導致各種隨處可見的混亂，同時也造成人與人之間的疏離和隔閡，對於個體的心理來說也產生了深刻的影響。但如果僅限於此，我們似乎無法真正明白討論這個話題的意義在何處。直到我讀了《鼠疫》，書中那些經歷著鼠疫的人們，彼此通過防疫小隊而產生聯結，在混亂的世界面前展現出人性的光芒。我想我討論這個問題的意義應該歸結在這本書所揭示的主題中。人與自然的相處確實一直面對著像新冠病毒這樣潛在的危機，但是問題不在於我們能否徹底阻止危機的發生，而在於如何有效地利用資源，更好地團結人們，在複雜而困難的疫情面前能夠彼此照顧、同舟共濟，我想這就是我們人類文明之所以延續下去的原因。

六、綜合點評

考生從這一全球性問題出發，結合了文學文本《鼠疫》和非文學文本"疫情報告"，從不同方面探討了公共衛生事件，也就是流行病毒對於人類生存環境的影響，選擇的文本有效，同時這個話題也不那麼普遍，是一次很好的嘗試。

考生的分析部分邏輯清晰，主次有別，對於兩個文本在分析內容上的把握，做到了均衡和統一。但如果能夠在整部作品的分析部分進行更多的闡述，就會更具有說服力。在語言的部分，考生表達流暢、用詞準確，同時符合分析文本的語體特徵。

有關"自然環境"這一探究領域的文學文本多來自當代作品，因為自然環境的破壞問題是伴隨著人類工業文明而出現的。考生能夠從自然病毒的角度探究其對人類生存環境的影響，角度比較新穎。當然，考生還可以選擇與自然環境其他相關問題的文學文本，例如《狼圖騰》《瓦爾登湖》等。

七、模擬演練

全球性問題

❶ 人類活動對自然環境的影響

❷ 人與自然如何更和諧地相處

❸ 現代文明語境下的自然環境

❹ 自然變化對人的心理所起的作用

❺ 保護環境的重要性以及方法

❻ 環境危機及其對人類的影響

觀點：

文學作品／節選

細節 1

細節 2

細節 3

非文學作品／節選

細節 1

細節 2

細節 3

文學作品／選集（BOW）

其他篇章 1

其他篇章 2

非文學作品／選集（BOW）

其他篇章 1

其他篇章 2

總結

（呼應開頭、聯繫全球性問題）

14 科學技術

探究領域 科學、技術和環境｜科學技術

一、課題解讀

　　"科學技術是第一生產力。"這句話在中國被廣泛流傳，意味著如果沒有科學技術，中國的發展將會落後於其他國家。事實上，科學技術讓人類的進步變得空前。同時，因為科學和技術所帶來的問題屢見不鮮，它們帶領人們走出了莽荒時代，也讓人們無法擺脫它們的存在。然而，對科技的過度依賴會對人們的道德產生影響，同時也會對人造成異化。另外，科學家們也在人類之外尋找著生命存在，這也為人類社會帶來了潛在的危機。科技逐漸開始代替人的功能，人工智能的出現在未來到底會在多大程度上影響人類的生存，這需要我們靜下心來仔細評估。

二、文本說明

❶ 劉震雲：《手機》，長江文藝出版社，2016 年。

1. 文學文本：節選自劉震雲小説《手機》第八章和第九章。❶

> 　　嚴守一將車順著楊林道開到郊區一個村莊旁。在村莊的狗叫聲中，在汽車後座上，他和伍月折騰了兩個小時。折騰之前，為了謹慎，也為了專心，嚴守一把自己的手機關了。
>
> 　　但他沒有想到，正是因為關手機，他和伍月的事被于文娟發現了，出了大事。
>
> 　　其實出事並不全是因為嚴守一關手機。出事的起因，是因為嚴守一的老家，那個叫黑磚頭的嚴守一的堂哥，給嚴守一家打來一個電話："我

144

找嚴守一，我是他磚頭哥！"

這個黑磚頭堂哥，于文娟在嚴守一老家見過。長得跟黑塔一樣，愛喝酒，愛吹牛，愛攪事，每一個事又被他弄得亂七八糟。于文娟："磚頭哥呀，我是于文娟。"

黑磚頭大為驚喜："咦，弟妹！電話沒打錯。我找你們，是跟你們商量一事！

咱村陸國慶，小名叫大臉貓，在鎮上開飯館，最近他買了一部新手機，把他的舊手機淘汰給我了，三百塊錢，我問你們值不值。"

于文娟："買手機花錢，買完打手機也花錢，你不怕破費呀？"

黑磚頭："咦，打一次手機頂多兩塊，到北京找你們得花二百。再說，我買手機也不是為了我，是為了咱奶。昨天咱奶還念叨，想北京她孫子了。我跟她急了，眼前每天侍候你的你看不見，盡想那些沒用的。弟妹，你說我這話對不對呀？"

于文娟又覺得這個黑磚頭有些狡猾，買手機，還打著奶奶的旗號。但她笑著說："對，你有用，守一沒用。"

黑磚頭："讓守一接電話，讓咱奶跟他說兩句！我給咱奶說，這小磚頭能跟北京他孫子說話，她還不信。"

于文娟："他在外邊開會，你打他手機吧。"

還沒兩分鐘，電話又響了，還是黑磚頭："咋搞哩，他手機咋不通哩？"

于文娟："通啊，晚飯前，我還給他打電話。"

黑磚頭："快一點，時間一長，這傢伙還真費錢哩！"

于文娟又笑了："那你把手機掛了，我找他，讓他給你回過去。"

于文娟掛斷電話，又拿起撥嚴守一的手機。這時嚴守一正和伍月在村頭的狗叫聲裏。電話裏傳來的聲音是："對不起，對方已經關機。"

關機也沒什麼意外，過去嚴守一開會時也關機。如果這事只牽涉到黑磚頭，于文娟不會在意；但因為黑磚頭說奶奶要與嚴守一說話，于文娟就認真了。這個奶奶，于文娟回過幾趟山西，對她印象頗好。

于文娟放下電話想了想，又拿起電話，開始撥費墨的手機。因為晚飯前嚴守一在電話裏告訴她，費墨跟他在一起吃飯，吃過飯在一起討論話題。費墨的手機通了。

　　問題出在這裏。據費墨後來說，費墨接手機時，剛剛在家吃完飯，正在他們家樓下遛狗。下樓之前，還跟妻子李燕拌了兩句嘴。

❶ 參見知乎網站"騰訊研究院 S-Tech 工作室"網絡專欄文章。

2. 非文學作品：《為什麼越來越多人不看朋友圈？》❶

WHY？

在尋找 Why 的過程中，我們使用的是一個比較簡潔的模型 —— 產品與人。

產品因為能滿足人的各類需求，才能引發人的使用。橫向來看，不同人有不同需求，不同產品能滿足的需求不同；縱向上看，人與產品都在動態變化，需求與使用行為因而也在流變著。

……

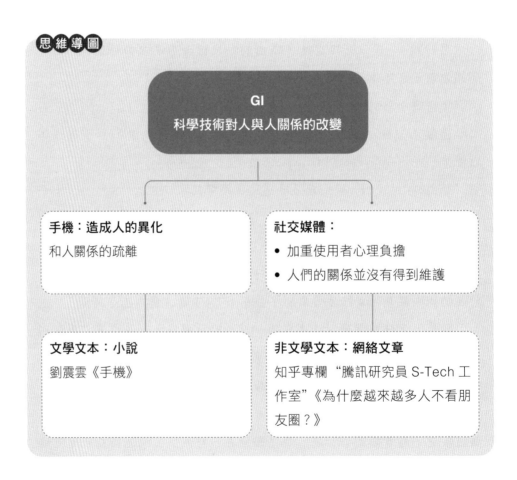

思維導圖

GI
科學技術對人與人關係的改變

手機：造成人的異化
和人關係的疏離

社交媒體：
• 加重使用者心理負擔
• 人們的關係並沒有得到維護

文學文本：小說
劉震雲《手機》

非文學文本：網絡文章
知乎專欄"騰訊研究員 S-Tech 工作室"《為什麼越來越多人不看朋友圈？》

	內容	討論要點
1	全球性問題	• 從手機的流行，到後來社交媒體逐漸佔據人們的生活，越來越多的人開始意識到，技術的存在已經潛移默化地影響了人與人的信任和交流方式。
2	文本介紹	• 小說《手機》選段講述了主持人嚴守一因為手機關機，妻子于文娟無法聯繫到他，最後導致嚴守一偷情事件敗露的情節。 • 非文學文本以網絡專欄的形式，向讀者說明有哪些人正在遠離朋友圈。選篇則集中說明不看朋友圈的人的態度和原因。
3	文學文本分析	• 通過插敘手法，作者將嚴守一與伍月偷情時，妻子于文娟到處找他的情景細緻地展現出來，以此表現手機這一物件如何影響夫妻雙方的信任與猜忌。 • 富有個性化的語言描寫，寫出了于文娟因為嚴守一老家人來電話，因無法找到嚴守一而打給了他的好朋友費墨，最終因為費墨的話穿幫，讓于文娟了解了嚴守一在外偷情的事實。 • 小說的標題《手機》本身就是一種象徵，象徵著新科技對於人們精神的異化，這種異化又導致了人際關係的改變。 • 從故事情節的前後對比中，我們能夠看出科學技術給人們的溝通方式帶來的巨大變化，但這種變化也讓謊言成為了溝通的屏障。
4	非文學文本分析	• 作者通過並列句式，討論在中國語境之下，人們面對朋友圈這類社交媒體時所面臨的多重社交困難。 • 以圖文結合的方式，向讀者傳達了技術產品會讓用戶在個人成長過程中不可避免地產生熱情退卻的情況。 • 《網上"秀恩愛"到底會不會"分得快"？》使用了專業又不失幽默的語言風格，向讀者論述了利用社交媒體展示戀愛關係是否會對其產生負面影響。

	內容	討論要點
4	非文學文本分析	• 該文章也對發出的問卷調查做了分析，通過圖表形式，向讀者直觀展示了細緻的調查結果。
5	全球性問題總結與延伸	• 文學文本採用小說的手法，探討的是科技對人的精神造成的異化，而非文學文本則相對理性地分析了科技是否會影響人與人的互動。 • 如何減少科技對人與人關係的影響，將是一個持續的問題。

四、範例點評

提出問題：
從一個現實問題出發，來談論科技對人的影響。

老師您好，我今天要做的口試題目是：科學技術對人與人關係的改變。這個話題屬於"科學、技術和環境"這個探究領域。如今，我們生活在一個被科學技術統治的時代，通信技術的發展深刻改變了人與人的關係。從手機的流行，到後來社交媒體佔據人們的生活，越來越多人開始意識到這些技術的存在已經潛移默化地影響了人與人的信任和交流方式。我所選擇的兩個文學文本分別來自劉震雲的小說《手機》以及知乎網絡專欄"騰訊研究院 S-Tech 工作室"的文章《為什麼越來越多人不看朋友圈？》。

文本介紹：
《手機》和知乎專欄文章都切合題目。

劉震雲的小說《手機》主要講述一檔清談節目的主持人嚴守一與原配妻子于文娟、情人伍月、新女友沈雪之間的感情糾葛問題。小說中人與人之間的感情關係都圍繞"手機"展開。手機表面是一個通信工具，背後卻充斥著謊言，這顯現了現代人精神上的焦慮與迷失。選段來自《手機》第八章結尾至第九章開頭，講述了因嚴守一手機關機，妻子于文娟無法聯繫到他，最後導致嚴守一偷情事件敗露的情節。非文學文本則來自知乎專欄，主要以網絡專欄的風格向讀者說明有哪些人正在遠離朋友圈，他們不看朋友圈的原因以及這會帶來哪些影響。選篇集中說明了不看朋友圈的人的態度和成因。

我先針對我的文學文本進行討論。

首先，選篇使用了插敘的手法，將嚴守一與伍月偷情時，他的妻子于文娟到處尋找他的情景細緻地展現出來，表現了手機這個物件如何影響著夫妻雙方的關係。選篇開頭以簡潔的語言說明了嚴守一為了和伍月偷情，將手機關機了，而"但他沒有想到，正是因為關手機，他和伍月的事被于文娟發現了，出了大事。"這一句話將故事的情節引向了于文娟到處找嚴守一這個情節。這樣的敘述安排不僅增加了情節的戲劇化，同時也讓讀者感受到了在當時那個時代，手機早已改變了夫妻之間的關係，它的實時溝通功能讓妻子能夠隨時查崗，而丈夫因為偷情，關閉了手機，這也說明了手機成了佔據人們情感空間的累贅。可以看出，科技就是這樣通過手機等工具侵入了有著不同社會連結的個體，最終給人們的關係帶來巨大變化。

其次，選篇使用了富有個性化的語言描寫，寫出了于文娟因為嚴守一老家人來電話，因無法找到嚴守一而打給了他的好朋友費墨，最終因為費墨的話穿幫，讓于文娟了解了嚴守一在外偷情的事實。于文娟是個很善於周旋的人，她心裏明白"黑磚頭"的說辭和借口，"但她笑著說：'對，你有用，守一沒用。'"選篇從第三段開始到中間部分，通過電話中的對話，寫出了嚴守一老家的"黑磚頭"因為買手機的事情扯謊要見嚴守一，這個情節也暗示了手機對於農村人身份的影響。"黑磚頭"藉著與嚴守一一家保持溝通為由換手機，目的也是想要體驗城市的潮流。而正是這通電話，于文娟不得不給費墨打電話，詢問嚴守一的下落。于文娟與費墨的對話描寫，一方面體現了手機溝通的時效性，另一方面也揭示了因不能藉助當面觀察而產生的電話兩端的欺騙。手機加劇了欺騙的可行性，因此，科技雖然帶來了技術的進步，但也加劇了人和人的信任危機。

在這部小說中，除了上面的選篇之外，作者也在其他部分探討了這個全球性問題。首先，小說的標題《手機》本身就是一種象徵，象徵著新科技對於人精神的異化，這種異化又導致了人與人關係的改變。在沒有手機之前，嚴守一所在環境中充滿著溝通的溫情，而手機的出現加劇了溝通的頻率，這種不再是面對面的溝通方式逐漸讓人成為手機的附庸。這種異化讓人和人之間面對面溝通的溫情減少，從而拉遠了彼此的距離。另外，就整個文本而言，通過故事情節的前後對比，從沒有手機前嚴守一與周圍人的關係，和手機出現後嚴守一與妻子、情人關係的變化中，我們也能夠看

文學選段：
從插敘的手法來結合內容，聯繫全球性話題，結構清晰。

聯繫全球性問題。

從語言的角度進行分析，探討因手機而造成的欺騙。

整部作品：
從小說標題來分析其象徵意義，並通過情節的對比，說明科技所造成的交流屏障。

出手機如何改變著嚴守一與他人的溝通方式。科學技術給人們的溝通方式帶來了巨大的變化，但這種變化也讓即時的謊言成為溝通的屏障。手機產生的謊言扭曲了人性，也就進一步加速了人與人關係的破裂，這種破裂表現在他與于文娟之間，也表現在他與沈雪之間。

下面我要針對我的非文學文本展開這個全球性問題。

非文學文本選段：
從特殊句式使用，說明社交媒體給人造成的社交困惑。

首先，選篇多處使用"一方面，另一方面"這類並列句式，討論在中文語境之下，人們面對朋友圈這種社交媒體時所面臨的多重社交困難。在開頭部分，作者使用第一人稱，將自己面對朋友圈的感受帶入讀者的閱讀視角中，引出朋友圈給發者帶來的壓力，以及圍觀他人會讓人不開心等負面影響。"假面舞會"的比喻更是形象生動地將遠離朋友圈的人的心理表現出來。接著，對於那些遠離朋友圈的人來說，他們的心理也很矛盾，而像選段八到十二行這樣的並列句式不僅呈現了社交媒體給用戶帶來的消極影響，也間接地反映出社交媒體對人與人關係的潛在影響，無效的社交會加重現代人社交心理層面的壓力。

從圖文結合的手法，說明科技產品用戶在使用科技產品過程中熱情退卻的情況。

其次，選篇也通過圖文結合的方式，向讀者傳達了技術產品在個人成長過程中不可避免的產生用戶熱情退卻的情況。選篇中我們看到作者選用了極簡圖片，用來分割文字的位置，圖文並茂地說明了技術與個人成長的對應關係。作為技術的使用者，用戶心理持續滿足的需要也導致他們對科技產品新鮮感的下降。這種理論雖然不能直接表現科技對人與人關係的影響，但也不免讓人思考，科技產品在異化人們精神的同時，人們也逐漸產生了一種排斥心理。只是在這個過程中，人們的關係並沒有得到修復。科技的確改變了人與人的社交方式，但當這種新奇勁兒過去，人們是否能夠真的回歸於傳統社交，這也有待考察。

整部作品：
從科技對於兩性關係的影響方面來分析這篇專欄文章。

在這個知乎專欄的其他文章中，我們也看到了類似的針對全球性問題的討論。"騰訊研究院 S-Tech 工作室"的另一篇網絡專欄文章《網上"秀恩愛"到底會不會"分得快"？》，使用了專業又不失幽默的語言風格，向讀者論述了在社交媒體展示戀愛關係是否會產生負面影響。作者使用學術研討的口氣，提出了三個觀點。作者有意結合了"公共場所示愛""社會比較""可得性偏差"等社會科學術語，說明網絡秀恩愛是否會分得快。同時，該文章也對發出的問卷調查做了分析，通過圖表形式，向讀者直觀地展示了細緻的調查結果，最終的結果是否定的。從中可以看出，隨著科技的發展，在社交媒體曬照片等行為在某種程度上會影響閱讀者的觀感，但是這種行為在某種程度上加強了戀愛雙方的關係，而關於"'秀恩愛'是否'分得快'"這種命題的存在說明科技的影響已經進入到兩性關係的場域。

同樣賬號下的知乎專欄文章《老年人＋微信＝謠言擴散機？拜託，他們還會屏蔽你》，則通過對比老年人與年輕人使用微信行為習慣的不同，以數字和圖表告訴人們不要簡單粗暴地屏蔽家裏的老人，而老人在實際生活中也通過掌握微信這樣的社交媒體，維繫社會關係，與子女親人更好地溝通。

綜上所述，文學文本和非文學文本都從科技對人們溝通的影響來探討這個全球性問題。文學文本採用了小說的手法，探討的是科技對人的精神造成的異化，而非文學文本則相對理性地分析了科技是否會影響人與人的互動。科技對人與人關係的影響是多方面的。當然，這不代表隨著科技的深入發展，人們對於科技影響的感知會變弱，科技的影響總是會伴隨著人類的發展而普遍存在的，而如何減少科技對人與人關係的影響將是一個經久不變的話題。

總結：
分別概括並對話題做了延伸。

五、問答示例

Q₁ 作為一部通俗小說，你覺得《手機》的藝術性或文學性會不會有些弱？

A₁ 確實，作為一本反映社會現實的小說，《手機》一上市就被快速翻拍成電影，引發了強烈的社會反應。如果以今天的視角來看這部小說，我能夠理解小說中的通俗性指的是什麼。首先，它貼合時代，手機的出現改變了人際關係，讓人們有了即時交流的可能。從整個小說的行文表述來看，更像是對現實的反映而不是經過文學性的加工和創造。其次，它在人物塑造和情節設置方面滿足了當時讀者的口味，既有關於謊言和婚外情的、消費文化的，也有關於兩性關係的等等。這些內容是時下讀者普遍感興趣的話題，是大眾文化的一部分。以今天的視角來看這部小說，其實作者劉震雲很好地抓住了時代變化的節點，通過"手機"這個科技產品，展現中國當代社會的變革。我們很難想象，如果沒有手機，中國社會是否會有如此大的變化，人與人的關係、兩性關係又會有怎樣的變化。從這個層面來說，作者藉助作家身份，敏銳地捕捉到了社會的變化，並以文學的方式將它濃縮在了這部小說中。就像我前面的分析中提到的，"手機"本身就是一個象徵，它象徵著物對人的異化，讓人被動地接受這些改變。因此從這個角度來看，我覺得《手機》的文學性就沒有那麼弱了。

Q2 你覺得非文學文本的發表平台"知乎"網站是不是一個好的、流通這些文本類型的平台？

A2 在我看來，"知乎"能夠滿足當代年輕人對不同知識的理解和涉獵，它對流通其中的文本的要求，既有學術性的、專業性的，也有通俗性的。從我所選的文本可以看出，它所涉獵的話題十分通俗，但表述的方式又很專業。這種介於學術期刊和普通網站之間的網絡平台，之所以會受到很多年輕人的追捧，正是因為它能夠滿足年輕人求真、求證的需要，同時也能夠更為理性地參與社會熱點話題的談論。我覺得相較其他平台而言，"知乎"是一個很好的流通這類文本的平台。網站都具有聚集效應，如果很多人進入網站瀏覽並閱讀，甚至轉發給有著相似興趣的群體，那麼這個網站就會逐漸吸引更多具有相似創作風格的作者。但同時我們也會看到，很多營銷類的知乎博主在為自己的產品有意地傳播跟產品相關的概念和所謂的知識，這就不得不讓我們對這樣的文章其背後的初衷有所警惕和懷疑，因此在閱讀此類文章時，我想大家都要有基本的批判性思維，在閱讀時多問幾個為什麼，這樣也就能夠讓平台產生更多的優質作品。

Q3 你在口試中談到科技對人的異化，你能否結合現實語境進一步談一談？

A3 這個現象其實是很普遍的。我在口試中談到了手機對人的異化，除此之外，我們也可以想想網絡——這種虛擬平台對人的異化。我們每天沉浸在網絡中，有時候會把虛擬世界當成主要的世界。當然，虛擬世界也是由人組成的，但是虛擬世界中的各種事物卻不是現實生活中都能找得到的。網絡世界中的殺戮、魔法、鬼怪等等，常常會給沉浸其中的人造成不可磨滅的負面影響。很多人視虛擬為真實，並對真實的世界失去興趣。互聯網在被發明之初並沒被賦予這樣的功能和目的，但是由於科技產品對人的異化，虛擬世界將左右人的精神世界。當然，虛擬世界也是人創造的，但人最終並不一定能夠主導虛擬世界。我們仔細想一下，如果網絡有一天突然消失了，那麼每天使用它的人會變成什麼樣？也許會焦躁不安，不知所措。我們雖不能預測，但對這個問題的思考可以在一定程度上減弱科技對人的異化。

六、綜合點評

考生所選的話題具有一定的普遍性和時代性，選擇的文本也貼合話題題目，並且分析的角度能夠很好地呈現這一全球性問題。考生在表達方面邏輯清晰，語言流暢。

考生在後續的討論部分也表現得很出色，能夠針對考官所提出的較為深刻的問題給予詳實、周到的回答。可以看出，考生具有一定的文學文本和非文學文本的專業知識。

關於「科技的影響」這一主題，很多考生都有話可說，它貼合學生的生活，只是文學文本不容易找。比如，《三體》這樣的科幻小說雖與科技相關，但與現實生活或者全球性問題的關聯度不大。此外，還需要兼顧文學作品的文學性，這樣才能夠更好地結合文學中的手法進行分析。因此，通俗小說的深刻性會相對弱一些。

全球性問題

❶ 科技對社會產生的影響

❷ 科技如何改變生活方式

❸ 傳統語境下的科學技術

❹ 技術發展帶來的危害與治理

❺ 科技對自然環境的破壞

❻ 科技如何影響人類的思想

觀點：

文學作品 / 節選

細節 1

細節 2

細節 3

非文學作品 / 節選

細節 1

細節 2

細節 3

文學作品 / 選集（BOW）

其他篇章 1

其他篇章 2

非文學作品 / 選集（BOW）

其他篇章 1

其他篇章 2

總結

（呼應開頭、聯繫全球性問題）

媒體世界

探究領域 科學、技術和環境 | 媒體世界

一、課題解讀

　　作為現代科技的產物，媒體與網絡逐漸成為人們生活的一部分。通過媒體，人們能夠更好地了解發生在身邊和世界各地的各種事件。同時，互聯網的存在也促使人們更快速地與來自全世界的人們交流，並實現信息交換。然而，媒體的流行和發展會對現實世界造成本質性的改變。與媒體不太發達的年代相比，現代人更容易獲取各方觀點和信息。通過媒體，政治家、政治團體也更容易傳達自己的主張和觀點，從而影響時政局勢與世界格局。此外，對於媒體從業者而言，報道內容往往反映了媒體的方向，而媒體的自由程度也反映著一個社會的政治環境。如今，在文學文本和非文學作品中，與媒體相關的話題十分豐富，具有較大的討論空間。

二、文本說明

1. 文學文本：節選自畢淑敏長篇小説《花冠病毒》第 24 章 ❶。

❶ 畢淑敏：《花冠病毒》，國際文化出版公司，2020 年。

　　所以，謝耕農不是醫療專家，而是社會學家。社會學和災難學，在群體層面上和社會層面上深刻交叉。當然，他的副手葉逢駒還是醫療專家。抗疫要通過醫學手段，但又不能僅僅是醫學手段。

　　謝耕農在抗疫指揮部發表了施政演説。

　　"受命於危難之際，誠惶誠恐。希望我不會和前任一樣，犧牲在我的崗位上，而是和你們，我的戰友們，和全市的所有市民，我的父老兄

弟們，一道走出這場災難。我想問一下，災害和災難有什麼不同？」

謝耕農問道。

會場還是那個會場，在袁再春慣常的位置上，站著另外一個人，再也看不到雪亮如銀的白衣，這讓大家精神恍惚。況且這樣的問題，只能是自問自答。

謝耕農也不難為大家。說下去：「災害可以是天然的，也可以是人為的。災難是指災害發生之後，造成了更多的嚴重損害，成為苦難。比如天降暴雨，這就是災害。水災發生在沒有人煙的地方，雖然洪水滔天，可能不稱為是一個'難'。但若是在人煙稠密的地方，水漫金山，那就是'難'了。災害主要說的是規模，災難注重的是人間的真實後果。各位以為如何？」

「您的意思是災害比災難要輕一些？或者反過來說，就是災難比災害更重？」有人答話。袁再春素來開門見山刺刀見紅，和現任指揮雲山霧罩的風格真是不一樣。

「可以這樣說吧。」謝耕農很高興有人回應。

「但這有什麼用呢？花冠病毒，不管說它是災害也好，說它是災難也好，總之它殺人無數，我們要抖擻起百倍千倍的精神來應對。這裏面既有天災又有人禍。區分這些，現在並不是最要緊的，最要緊的是救人！」那人突然變得激昂。

謝耕農面不改色，用手一指說：「我看你就是個典型，實在太緊張了。緊張很大程度是通過想象來營造的。你們天天接觸死亡，積攢了大量的負面情緒體驗，導致焦慮恐慌，每天都在想著又死了多少人，又疑似多少人……焉能不傳佈給民眾？所以，我們這個辦公例會，要一改唯醫學至上的氛圍。從今天起，以後每3天報一次死亡數字，用不著一天一報。這麼大一個燕市，這麼嚴重的一場瘟疫，就像戰火紛飛，不必在多死或是少死幾個人上面斤斤計較。我們最需重視的是民眾情緒。要力求讓這種情緒轉化成正向的想象和體驗。政府信息極為重要，比如政府又有了什麼新的防範措施，領導人到醫院和大學的視察和講話，治癒病人的新聞發佈會，治療條件改善與環境好轉等等。千萬不要小看了這些報道和告知，要力圖正性。每天都要有新的引導，積聚民眾的注意力，不斷堅定信心，讓人民群眾安心。為此，上級批准辛稻同志為抗疫副總指揮兼任抗疫宣傳部長。至於在醫療上，袁再春同志所開創的一系列應對措施，應該說還是成功的，沒有大的改變，由葉逢春同志主抓⋯⋯"

2. 非文學作品：節選自《第一時間到現場 —— 災難新聞安全採訪手冊》。❶

❶ 參見香港記者協會編寫，《第一時間到現場 —— 災難新聞安全採訪手冊》第六章，第 48 至 50 頁。

思維導圖

```
                    GI
              災難視角下的媒體

病毒災難：                      其他災難：
• 媒體視角影響受眾認知          • 媒體獨立性需得到保障
• 媒體受到一定限制              • 媒體報道的真相不應受阻撓

文學文本：小說                  非文學文本：手冊
畢淑敏《花冠病毒》              香港記者協會編寫《第一時間到現
                              場 —— 災難新聞安全採訪手冊》
```

三、結構提綱

	內容	討論要點
1	全球性問題	• 面對災難問題，各國媒體對同一事件的報道內容和政治取向有所不同，從而產生了信息差。
2	文本介紹	• 《花冠病毒》選段講述的是抗疫總指揮袁再春在崗位病死之後，新上任的謝耕農從社會學和災難學的角度重新調整抗疫方針，從而穩定民眾的情緒的故事。

	內容	討論要點
2	文本介紹	• 香港記者協會發佈了《指南性採訪手冊》，選段選自第六章，主要內容是對管理層如何協助記者進行災難報道提出的建設性信息。
3	文學文本分析	• 作者以第三人稱視角，將讀者帶入新任指揮謝耕農走馬上任這一情節中，並以其富有個性化的語言呈現了他對於抗疫中"報道和告知"的作用。 • 通過人物之間的對話，深刻反映了媒體話語的轉換使受眾產生的一種反抗情緒。 • 第二十五章側面描寫了前抗疫總指揮袁再春去世後人們的反應，從而表現出媒體的宣傳與人們實際的困惑之間的矛盾。 • 通過對話描寫，呈現副總指揮辛稻與主人公羅緯芝之間的討論，兩人的討論內容直接否定了媒體的自由度，進而將災難語境下媒體的作用束縛在了塑造價值觀的角度。
4	非文學文本分析	• 此文本以嚴肅且具有指示語氣的語言，指導配合媒體報道的調度部門如何更好地做好支持工作，可以看出災難視角下媒體報道的相關環境變得惡劣，而新聞主管部門的傾力配合是媒體報道成功的關鍵。 • 用具體例子說明相關指導的必要性，可以看出在災難面前，媒體人員冒著生命危險去一線採訪，雖然重點應該放在他們人身安全的保障上，但其報道目標和視角的決定權也應該被保證。 • 《指南性採訪手冊》附錄提供了"國際新聞安全行為實務守則"，結合文本的語境可以看出，記者有權堅持媒體主張，但同時也應符合社會和政治標準。
5	全球性問題總結與延伸	• 文學文本通過不同的人物形象，加強了人物對媒體看法的記述，而非文學文本則通過實用性手冊，暗示災難視角下媒體應該受到的基本保障與支持。 • 媒體的自由度會影響受眾對災難的實際感受。

四、範例點評

老師您好，今天我要討論的全球性問題是災難視角下的媒體，我所探究的領域是"科學、技術和環境"。我之所以選擇這個全球性問題，是因為在新冠疫情期間，媒體作為我們了解疫情的重要窗口，對我們了解新冠疫情的進展和防護方法起到了關鍵作用。同時，在災難視角下，各國因媒體自由度的不同而產生了信息差，從而直接影響人們面對災難時的心理狀態。

我所選的兩個文本分別來自畢淑敏的長篇小說《花冠病毒》第二十四章，以及香港記者協會所編寫的《第一時間到現場 —— 災難新聞安全採訪手冊》第六章。作家畢淑敏的長篇小說《花冠病毒》講述了主人公羅緯芝所在城市出現花冠病毒後，她臨危受命，成為疫情採訪組成員，並在抗疫期間深入了解不同人的生死境況。選段講述的是抗疫總指揮袁再春在崗位病死之後，新上任的謝耕農從社會學和災難學的角度重新調整抗疫方針，從而穩定民眾的情緒的故事。非文學文本則是香港記者協會針對災難報道所具有的潛在危險，向香港記者們編寫並發佈的指南性採訪手冊，目的是讓媒體從業者能夠在手冊的指導下進行更加安全有效的報道。選段選自手冊第六章，主要內容是對管理層如何協助記者進行災難報道提出的建設性信息。

下面，我先對文學文本進行討論。

首先，在這個選段中，作者使用了第三人稱視角，將讀者帶入新任指揮謝耕農走馬上任這一情節，並以個性化的語言呈現了他在抗疫中"報道和告知"中的作用。與之前的指揮袁再春不同的是，謝耕農是一個社會學家，在節選中，他的施政演說很好地反映了一個社會學家面對災難時的形象。他在演講中通過一個個問題 ——"災害和災難有什麼不同？""各位以為如何？""焉能不傳佈給群眾？"，或自問自答或反問，引導團隊認識報道方式的重要性。在他看來，在抗疫過程中，醫學知識至關重要，但更重要的是媒體報道的方式。文本中側面表現了災難視角下媒體的重要性。作為疫情一線的指揮官，下令調整報道方式可以通過媒體來展現抗疫的不同視角。受制於官方權威，媒體在某種程度上就會改變其在新聞傳播過程中

提出問題：
從災難視角下的媒體自由度是否得到保障來談媒體的影響。

文本介紹：
兩個文本都包含災難與媒體，符合話題要求。

文學選段：
從小說的敘事視角來探討全球性問題。

聯繫全球性問題。

159

從語言描寫的角度分析
選段中關於媒體話題的
表達。

聯繫全球性問題。

整部作品：
側面描寫暗含著被媒體塑
造的英雄形象的驟然離世
對普通人造成的影響。

從對話描寫中，可以看出
媒體在災難語境下成為了
塑造人們價值觀的工具。

產生的效果，這也會改變受眾對疫情的真實認知。

因對媒體管制而造成的偏見，其實也在選段中的其他部分有所呈現，作者通過人物對話中的話語對立，深刻反映了媒體話語的轉換可能在受眾間造成反抗的情緒。選篇中謝耕農想要就“災難”和“災害”的區別來引導受眾去了解報道、告知的重要性，而聽眾中有人質疑這些詞語比較的無意義，並且表現出激動的情緒，之後才有謝耕農大段的對於媒體引導群眾情緒重要性的表述，“這麼大一個燕市，這麼嚴重的一場瘟疫，就像戰火紛飛，不必在多死或是少死幾個人上面斤斤計較。我們最需重視的是民眾情緒”。他通過戰爭的類比，要求團隊不要糾結於每天的死亡人數，而要疏導和管理民眾的情緒。但實際上，這種做法會限制人們對這場疫情真實情況的了解，從而妨礙人們之後預防這種災難可能採取的行動。

在這部小說的第二十五章中，也有與這個全球性問題相關的內容。

首先，作者通過側面描寫，寫出了人們在前抗疫總指揮袁再春死後的反應，從而表現出來媒體的宣傳與人們實際的困惑之間的矛盾。作者寫道“袁再春之死，在燕市百姓心理上造成了巨大的動盪”，這種動盪源於一直以來在媒體和受眾面前風度翩翩的老專家的驟然離世。隨後，關於他的謠言開始散佈，這些側面描寫其實暗含了在災難面前，一些被媒體塑造出的英雄人物對普通人產生的潛在的心理影響。當這類英雄式的人物不在了，人們同時又得不到關於尤其是像病毒這種疫情災難最真實的報道，一種恐慌的情緒就會蔓延開來，影響深遠。

接著，同樣在第二十五章，作者使用了對話描寫，呈現副總指揮辛稻與主人公羅緯芝之間的討論，討論的內容是關於如何挑選符合媒體形象的醫療團隊，來延續袁再春在媒體中所扮演的鼓舞民眾士氣的角色。兩人的討論內容直接否定了媒體的自由度，進而將災難語境下的媒體作用束縛在價值觀的塑造中。不可否認，災難中最難的一部分，除了減少生命財產的損失，還包括如何減少次生災難的發生。而真實語境中媒體作為降低次生災難的主要手段，其作用不言而喻，只是通過人為地限制媒體對於報道呈現的視角來產生所謂的積極效果最終也會讓受眾失去對媒體的信任，進而失去對災難次生傷害的真正應對能力。

下面我要針對非文學文本來討論這個全球性問題。

首先，作為指南性手冊，文本選段使用了較為嚴肅且具有指示語氣的語言，來指導配合媒體報道的調度部門如何更好地做好支持工作。例如，選篇開頭在"物資上，管理層應考慮以下事項"這個部分，分別從不同方面羅列出管理層應配合報道團隊作出的考量。語氣嚴肅且正式，分別從器材、衛星電話、現金、安全設備等方面，為管理層提供指導。從內容和語體風格中，可以看出在災難視角下，媒體報道的環境變得複雜，而新聞主管部門的傾力配合一方面保護了記者們的人身安全，一方面也可以讓報道的質量更高。

此外，"手冊"也通過具體例子，說明了相關指導的必要性。例如在"調度"方面，"手冊"希望管理層可以考慮讓前線人員自定採訪目標。在這裏，"手冊"的編寫者使用了"五·一二"汶川地震的例子，一方面具體說明了在發生此類情況時如何將報道的主動權交給記者，另一方面也讓這種指導性的語言更具說服力。作者通過這種手法，說明了"手冊"編寫者對於媒體從業人員的自由度方面是有充分考量的。尤其在災難視角下，媒體人員冒著生命危險去一線採訪，他們的人身安全應該得到保障，他們報道的目標和視角的決定權也應該得到支持，這也是媒體能夠更好呈現災難真實情況的前提。

這個文本的其他部分，也有關於災難視角下媒體的相關內容。

"手冊"的附錄提供了"國際新聞安全行為實務守則"，這個守則具有一定的指導意義。"守則"的語言風格和"手冊"相似，簡潔、明確且正式，同時個別表述語氣強烈。其中，針對新聞工作者對採訪地區的政治、現場狀況和社會現狀的了解部分，"守則"使用了強烈的語氣，要求他們"必須獲知"。同時，"守則"也通過加黑、加粗部分字體，強調其會為新聞界提供必要協助。這樣強烈語氣和字體的變化，反映出媒體行業針對政治與社會所抱有的期待。結合"手冊"的語境可以看出，記者有權利堅持媒體主張，但同時也應符合社會和政治標準。原則上，報道的真相基於社會的支持。當然，媒體守則的前提是，它的內容應達成廣泛的共識。

總的來說，兩個文本都很好地探討了災難視角下媒體的相關內容。文學文本從小說文體，通過人物語言塑造不同的人物形象，從而加深人物對媒體作用看法方面的記述。而非文學文本則以實用性的手冊文體及其相關

非文學文本選段：
從手冊的語言來討論全球性話題。

聯繫全球性問題。

從具體例子的使用來分析全球性話題的呈現。

聯繫全球性問題。

整部作品：
從屬於手冊的附錄材料所使用的手法來結合全球性話題。

總結：
比較兩個文本各自的手法，並對全球性問題進行延伸。

手法，暗示災難視角下媒體應該受到的基本保障與支持。在災難視角下，媒體的自由度會影響受眾對災難的實際感受。同時，我們也要留意媒體與權力機構的關係，並對災難問題的重建和恢復有客觀的認識。

五、問答示例

Q₁ 你所選擇的文學文本來自《花冠病毒》，這部小說被稱為"心理能量小說"。在你看來，這種歸類對你在全球性問題中的關聯是否有啟發和幫助？

A₁ 我想，作者想在《花冠病毒》這部小說中虛構一個未來可能會出現的病毒，而在人們對抗病毒的過程中，我們會慢慢發現，只有抱有信念的人才能夠在這場病毒流行中幸存下來。病毒是一個很好的切入點，因為人們在面對這種不可控但殺傷力巨大的事件時，內心會充滿無奈和絕望的情緒，人性的弱點也會暴露無遺。但與此同時，人們心中的希望也會被點燃，這就要看人們到底要怎麼選擇，是要積極對抗還是沉淪下去。那麼在這種選擇面前，媒體扮演著舉足輕重的作用。必要的封鎖和隔離阻斷了人與人之間原本暢通的交流，只有通過媒體，人們才能感知社會。因此，媒體消息對於調節受眾的情緒十分重要。我們不能說在災難視角下，媒體的報道毫無偏見。有時候，看似具有偏見的報道內容，也許只是為了點燃人們心中的希望。就像我所選擇的片段裏所描寫的那樣，當媒體長久以來塑造的抗疫英雄形象驟然離去，相關謠言就會因此此起彼伏。顯然，基於事實的報道客觀上不自覺地塑造了一個正面的形象，而這種報道在影響著普通受眾時具有偏見。在受眾的心理層面，媒體的作用在災難語境下顯得格外重要。

Q₂ 你的非文學文本選自手冊，文本的觀點性不強，你為何選擇這個文本來討論全球性問題呢？

A₂ 在我看來，手冊文體的主要作用是指導閱讀者進行更好的操作，或為他們提供有效信息。雖然全球性話題是一個探討性話題，應該用具有觀點性的文本進行討論，但我並不覺得手冊文體不可以被用到對這個話題的討論中。首先，手冊的編寫是基於現實的具體問題。例如，我所選擇的手冊就是關於記者在災難報道中所遇到的人身安全不受保障的問題，這個問題可能因為操作不當，也可能因為後勤保障部門沒有做好報道的準備工作。從這樣的現實語境出發，我們不難發現記者在呈現事件的真實視角的重要性。即便面對災難，記者也要不顧危險，在第一時間做最真實的報道。因此，在這樣的語境中，我覺得手冊可以拿來探討全球性問題。另外，手冊中也不只有指令性的語言，還包含一些具體的場景再現。這些場景再現其實可以幫助我認識到，在災難視角下，進行安全報道的媒體是非常重要的。尤其對於一些突發的群體衝突或暴亂問題，新聞記者的第一視角往往決定了受眾對報道的可信度和對事實真相的理解。因此，我覺得手冊這個文體可以拿來探討我的全球性問題。

Q3 兩個文本的語境都在中國，在你看來，這會不會降低對全球性問題的討論效果？

A3 我個人覺得不會。雖然兩個文本都以中國為語境，但是一個是在內地，一個是在香港，兩者的語境會有一些差異。《花冠病毒》雖然是一個虛構的作品，但是它取材於內地。在內地，媒體的作用不能簡單地歸為報道真實事件，同時還要考慮媒體所具有的鼓舞人心的作用。這就是為什麼我們在《花冠病毒》這本小說裏看到了很多與西方媒體報道不同的情景。報道當然要講求真實，但同時也需要考慮媒體對平穩民心的作用，從而幫助人們獲得戰勝災難的勇氣。另外一個文本語境在香港，因為歷史的原因，香港記者報道職責某種程度上反映了西方價值標準，因此有了這本手冊。我個人認為，通過比較兩個社會語境，這個全球性問題的討論能夠更加全面，因此不會降低這一問題的討論效果。

六、綜合點評

　　考生能夠很好地選擇文學文本和非文學文本，針對災難視角下的媒體展開討論，體現了較為全面的理解能力，尤其能夠結合不同語境下的媒體情況展開說明，具有一定的文本理解能力和分析能力。

　　考生在內容組織方面，權衡了兩個文本的比例，做到了平均分配，邏輯清晰，重點明確。尤為不易的是，考生在非文學文本的選擇上，大膽選擇了"手冊"文本，通過對手冊文本特徵的分析，探討了自己的全球性課題。相較於一般考生多數選擇自己舒適區範圍內的網絡文章、新聞報道等文體，此篇口頭報告頗具新意。

　　媒體屬於科技的產物，科技的發展推動了媒體的進步，媒體藉助科技的力量又獨立成為一個較為重要的領域，應該得到一定的重視。考生平時接觸到的媒體文章比較多，而關於媒體，尤其是社交媒體的文學文本似乎並不多見。這就需要考生跳出已知的文本範疇，從像《花冠病毒》這樣的小說中尋找線索。

七、模擬演練

全球性問題

❶ 媒體的自由度和社會發展

❷ 媒體自由受到的不同挑戰

❸ 媒體對人們價值觀的塑造

❹ 政治控制下的媒體影響力

❺ 社交媒體對青少年的影響

❻ 網絡語境下的媒體與輿情

觀點：

文學作品／節選

細節 1

細節 2

細節 3

非文學作品／節選

細節 1

細節 2

細節 3

文學作品／選集（BOW）

其他篇章 1

其他篇章 2

非文學作品／選集（BOW）

其他篇章 1

其他篇章 2

總結

（呼應開頭、聯繫全球性問題）

附 錄

中文 A 口試易錯點

- 誤將探究領域當作全球性問題；或全球性問題過於寬泛，例如 "教育不平等"，可以改成 "貧富差異下的教育不平等"。

- 節選與全球性問題不相關，特別是對於非文學文本的分析。

- 沒有標明文本的出處。

- 非文學文本的選篇應該是連貫的，而不應是作品或作品集不同章節的拼湊。

- 只分析節選文本，而不分析作品集，尤其是非文學文本。

- 只針對全球性問題進行表述，而沒有結合節選從手法的角度談論全球性問題。全球性問題應該從文本中產生。

- 電影或電視廣告等視頻類文本需要包含截圖和腳本文字。

- 對音樂視頻的討論只關注歌詞部分，而忽略了視覺語言的部分。

- 文學文本和非文學文本的比較不是必要的。

- 節選、作品或作品集在分析時間分配上不平衡，或者文學和非文學文本在分析時間分配上不平衡。

- 導言、作品或作品集介紹的時間過多，壓縮了主體部分，即圍繞全球性問題的文本分析時間。

- 教師在五分鐘的討論中，針對學生在文本分析中所忽視的部分，並未給予考生足夠的補充說明的機會。

- 教師提出的問題過於寬泛或者不夠正式，例如"你喜歡這個作品嗎？"。

- 教師的提問集中在文學文本的修辭手法與具體的藝術特色方面，和考生表述的主題關係不大。

- 在標準 A "了解、理解和詮釋"部分，考生只在字面上理解和討論節選的文字，忽視了全球性問題。

- 在標準 B "分析與評價"部分，考生過度關注文本的內容和觀點，而沒有關注作者在表達這些內容和觀點時所使用的具體手法和策略。

- 在標準 C "重點和組織"部分，考生所選擇的分析結構不能平衡地探討兩個節選以及作品和作品集，並且不同部分之間的銜接也顯得突兀，不夠清晰和自然。

- 在標準 D "語言"部分，考生過於操練背誦，以至於十分鐘的文本分析部分和後面五分鐘的討論部分在語氣上很不一致。同時，考生在使用語氣和重音變化等策略來吸引聽眾方面表現明顯不足，背誦痕跡明顯。在五分鐘的討論部分，考生口語化的回答會降低文本分析語體的正式性。

視覺形象設計	靳劉高創意策略
責任編輯	王　穎
書籍設計	道　轍
書籍排版	何秋雲　楊　錄

書　　名	**DP 中文 A 語言與文學課程個人口試優秀範例點評**（繁體版） **DP Chinese A Language and Literature Course** **Individual Oral Assessment Exemplary Essays** (Traditional Character Version)
編　　著	徐亮　季建莉
出　　版	三聯書店（香港）有限公司 香港北角英皇道 499 號北角工業大廈 20 樓 Joint Publishing (H.K.) Co., Ltd. 20/F., North Point Industrial Building, 499 King's Road, North Point, Hong Kong
香港發行	香港聯合書刊物流有限公司 香港新界荃灣德士古道 220-248 號 16 樓
印　　刷	美雅印刷製本有限公司 香港九龍觀塘榮業街 6 號 4 樓 A 室
版　　次	2023 年 10 月香港第一版第一次印刷
規　　格	大 16 開（215 mm × 278 mm）176 面
國際書號	ISBN 978-962-04-5370-0

© 2023 Joint Publishing (H.K.) Co., Ltd.

Published & Printed in Hong Kong, China.

封面圖片 © 2023 站酷海洛

內文圖片 P.015 © 2023 站酷海洛